UN CUBANO MÁS

Silvia C. Rodríguez

Las opiniones expresadas en este libro son las de la autora y no representan las opiniones de Pukiyari Editores. La autora ha representado y garantizado ser dueña de esta novela y/o tener los derechos legales para publicarla.

Los nombres, personajes e incidentes son ficticios o producto de la imaginación de la autora. Esta novela únicamente está inspirada en hechos de la vida real. Cualquier parecido a la realidad es meramente casual.

ISBN-10: 1630650331
ISBN-13: 978-1-63065-033-9

PUKIYARI EDITORES
www.pukiyari.com

Agradecimientos

A Dios, por todas las bendiciones que me brinda cada día.

A mi esposo Goose Rodríguez, por el apoyo incondicional que me ofreció durante la realización de este libro y siempre.

Un especial agradecimiento a un gran cubano que por su tenacidad y lucha insaciable fue mi fuente de inspiración. Gracias Roberto.

A mi editora, Ani Palacios, por su profesionalismo y consejos.

Gracias a mi talentosa sobrina, Diana Calderón, por la bellísima pieza de arte que pintó especialmente para este libro.

A mis padres, Miguel Carrillo y Silvia Escudero, mi hermano Cesar Carrillo y mi buena amiga Rita Marker, por su aliento y constante apoyo.

A todos ustedes va mi agradecimiento desde el fondo de mi alma.

Este libro lo dedico a todos los cubanos, así como a la gente de otras nacionalidades que emigra a los Estados Unidos en búsqueda de una vida mejor.

Capítulo Uno
Mi nacimiento

Ella, una bella mujercita a la temprana edad de dieciséis años, llena de inocencia y con toda una vida por delante, conoce al amor de su vida.

Son apenas las ocho de la mañana de un día soleado a mitad de la semana, cuando llega al hospital para su revisión. Viene acompañada de aquel que en ese instante es su gran amor. Ya lista, vestida con una bata blanca pequeña, algo áspera e impregnada del olor típico de sanatorio, espera con paciencia en el cuarto de examen hasta que finalmente entra el doctor: un señor alto, moreno y delgado, probablemente en sus cuarentas, muy serio y de pocas palabras. Apenas saluda cuando se dirige a revisar el expediente que está encima de un viejo escritorio. Toma el estetoscopio colgado de un gancho en la pared y pone la carpeta a un costado. Al mismo tiempo, una enfermera toca la puerta y pide permiso para entrar al consultorio. Sin hacer contacto visual con la chiquilla, saluda con educación, dice «buenos días» y le hace una pequeña mueca, como queriendo sonreír. De inmediato se dirige al doctor:

—Ya está lista la inyección, doctor.

—Muy bien, los signos vitales están normales, todo parece en orden, un momento por favor —responde el doctor mientras lentamente desliza sus manos dentro de los guantes de vinil.

La muchacha, desconcertada, siente que su corazón se acelera cada vez más, siente temor, con voz nerviosa le pregunta:

—Doctor, ¿qué me va hacer?

El doctor, alzando una ceja con expresión de asombro le responde:

—¿No sabes por qué razón estas aquí? —Mientras se aproxima a la camilla lentamente le explica—: Vamos a hacerte una interrupción del embarazo.

Con terror y desesperación la muchacha grita:

—¡No doctor, por favor no! ¡Yo tengo cuatro meses de embarazo!

La joven se tira de la cama y empuja a la enfermera, logrando que la jeringa salga volando de sus manos; y corre lo más rápido que puede, con lágrimas en los ojos y un desconsuelo inimaginable.

Transcurre luego un periodo corto, cinco meses para ser exacto, y un diez de noviembre de mil novecientos setenta y dos, nazco yo, en la provincia de Cuba llamada Granma, en Bayamo, ciudad donde se hizo el Himno Nacional de mi país. Para mi mala fortuna, nunca tuve la oportunidad de conocer ese lugar porque mi mamá y mi papá se separan al poco tiempo de que yo llegara a este mundo.

Cuando aprendo en la escuela la historia de mi ciudad natal, me parece fascinante. Me imagino cómo era la vida en el año de mil quinientos trece, cuando la ciudad de Bayamo fue fundada tierra adentro para evitar los ataques de los piratas que en ese entonces solían suceder. Pienso en el famoso papel que tuvo la villa en la lucha de independencia por ser la primera ciudad tomada por los rebeldes y su líder, Carlos Manuel de Céspedes. Puedo verme en la Iglesia del Santísimo Salvador, donde un devoto del lugar interpretó una marcha para apoyar a los guerreros de la independencia, la cual llega a convertirse en nuestro Himno Nacional.

Mi mamá se muda conmigo para la ciudad de Guantánamo y mi papá se va a vivir a La Habana. Rumbos separados fueron los que tomaron, así que no tengo mucho roce con mi padre ni con la familia de él, y no llego a conocer a mis abuelos paternos.

Mi madre se presenta en la casa de su familia en Guantánamo conmigo en brazos. Por las historias que escucho después, deduzco que yo tendría solo dos meses, era apenas un bebito. Al llegar mi madre sin anunciarse y cargándome cerca de su pecho, enfrenta problemas con la familia, pero afortunadamente al final somos aceptados.

***

Es ahí "como hijo de la Revolución" que iniciaron los primeros años de mi vida, en esa ciudad de Guantánamo fue donde yo me crie. El lugar queda en una zona rural, entre montañas, con harta vegetación y un clima cálido y algo húmedo, muy agradable.

A mí me gustaba mucho la lluvia.

En ese tiempo, cuando llovía, me fascinaba escuchar el ruido del agua golpeteando las ventanas. También me gustaba salir al porche y sentarme en una vieja y ruidosa mecedora a disfrutar del aroma de la tierra mojada, eso me relajaba. Lo mejor era cuando caía granizo. Volteaba hacia arriba y me preguntaba: ¿de dónde sale el hielo? No podía ver, simplemente aparecía de repente y me gustaba observarlo cayendo en el campo y rebotando al contacto con el suelo. A veces me imaginaba que se trataba de hombrecillos de hielo que venían de otro planeta y aterrizaban desde el espacio exterior para invadir la Tierra. Podía quedarme quietecito mirando fijamente ese espectáculo de la naturaleza hasta que el hielo dejaba de caer y poco a poco desaparecía al contacto con la lluvia, al mismo tiempo que mis fantasías también se desvanecían.

Nuestra familia tenía una finca con una casa de construcción tipo española, era todo muy bonito. Recuerdo que habían grandes plantíos de caña de azúcar, mucha fruta, pájaros de diferentes tamaños y colores que nos despertaban cada mañana con todo tipo de cantos. También había una vegetación bien hermosa, los arboles de granadillo con sus flores amarillas adornaban las calles empedradas del pueblo. La naturaleza era exuberante en Guantánamo. El pueblo era cafetalero, principal fuente de ingresos de los habitantes del lugar, los cuales en su mayoría se dedicaban a cultivar el café. Había muchas familias españolas, la mayoría de ellas eran las dueñas de los cafetales.

Yo nací con la Revolución Cubana, mis recuerdos más antiguos se remontan hasta más o menos a partir de los cuatro años de edad.

Para llegar a casa de la abuela tenía que bajar por un camino de unos cinco kilómetros, en aquel tiempo no había carreteras, era un sendero de tierra por el que transitaban caballos, mulas y bueyes. Al final de esa trocha polvorienta quedaba la casa de mi abuela. Se trataba de una pequeña finca de color azul cielo, con techo de teja roja, se veían flores de todos colores por doquier y alrededor tenía matas de frutas. A la abuela le gustaba tener plantas de guayaba, naranjas, mamey, güiro y otras más.

Recuerdo que la casa de mi familia tenía un patio de concreto donde solíamos secar el café y ahí, entre los granos oscuros y olorosos, jugábamos tardes completas.

Cerca de la casa había un río, nos bañábamos en él, nos divertíamos con los pececitos, yo siempre intentando fallidamente atrapar uno con mis manos, teníamos mucha libertad. Yo jugaba con un tío, hermano de mi mamá, su nombre es Alejandro y me lleva únicamente dos años. También jugaba con otra tía que es cuatro años mayor que yo. Mi abuela tuvo trece hijos, así que la casa siempre estaba llena de familia pero también había muchos niños en el barrio; con ellos nos juntábamos y jugábamos gran parte del día. Nos gustaba ir a cazar pájaros con las flechas (nosotros le llamamos así a las resorteras o tira piedras). Nos íbamos al monte a buscar frutas. Jugábamos a las balinas o bolas, como nosotros le llamamos a las canicas. También nos gustaba jugar a la peregrina, un juego donde se pintan números en el piso y vas tirando una pieza de metal, era todo muy divertido.

Claro que no todo era esparcimiento, en la casa nos daban labores para hacer. Traer el agua del río es una responsabilidad tradicional de los niños de mi pueblo. Tempranito en las mañanas caminábamos unos doscientos cincuenta metros para llegar al río, llenar los tanques con agua, y de ahí traer esos depósitos pesados hasta las casas. Ese río era clarito, el agua tan transparente que podías apreciar los peces y la misma corriente de agua deslizarse entre las piedras, pensar en todo eso me trae muy bonitos recuerdos. El agua que traíamos nosotros, los niños, se usaba en casa para todo; para tomar, para lavar, para bañarnos. Mi abuela nos hacía el desayuno y como a las doce del mediodía siempre nos llamaba. Mi abuela sí que podía gritar, nosotros podíamos estar a un kilómetro de distancia y se escuchaba su potente voz, «¡a almorzar!» y ahí veníamos nosotros, corriendo llenos de entusiasmo para disfrutar de la comida de la abuela. ¡Ah! La exquisita comida de la abuela, ¡cómo olvidarla! Y de ahí regresábamos a ocupar nuestro tiempo en juegos y aventuras infantiles. En esa época vivíamos con mucha libertad. Ya por la tarde, la abuela nos llamaba de nuevo, algo así como a las cinco, y cenábamos en familia, nuevamente a disfrutar de los guisos deliciosos que ella preparaba. En la noche seguíamos jugando, que si a los pegados, a las escondidas, cosas así, de niños. Ese tiempo de retozo no duró mucho, las vacaciones se terminaron y ya con un poco más de edad, después de los cinco años habría que asistir a la escuela. Ya en ese momento también tenía nuevas responsabilidades. Aparte de estudiar, estaba designado a ir a buscar pan a la tienda o a los mandados de víveres para comer, también ayudaba en algunas tareas de la casa. En general era muy sana la vida ahí, en el campo.

***

Pasado ya un tiempo, mi mamá decide rehacer su vida y se reúne con un hombre, ese hombre es el papá de mi hermana Karen. Mi madre entonces se va a vivir con él para otra ciudad, en otra provincia cercana a Guantánamo, en un pequeño pueblo llamado Mayarí Riva, y me lleva con ella. En ese lugar mi madre construye una casa de lo más bonita, de dos plantas, con baño, cocina y sala; es una casa de campo sencilla pero muy cómoda, hecha de pura madera maciza. En ese lugar, Mayarí, la vida es normal, incluso ahí es donde nació mi hermana Karen. Yo tengo en ese entonces cinco años avanzados y a veces me toca cuidar a Karen para que mi mamá vaya a trabajar. Asisto a la escuelita pero cuando regreso me quedo con mi hermana, tal vez entonces ella tendría unos ocho meses. Ahí vivimos aproximadamente dos años porque también mi mamá deja al papá de mi hermana debido a que él tuvo otra relación. Mi madre no tolera su infidelidad y decide separarse de él. Pobrecita, ese fue otro golpe más en su vida sentimental.

Mi madre, decepcionada, vende la casa y nos movemos a otra ciudad hacia el oriente de Cuba, quizás el motivo principal fue la ruptura con ese hombre, así que decide irse del poblado ese de Mayarí, y nos vamos a otro lugar que se encuentra en el oriente de Cuba, este pueblo se llama San Germán de la provincia de Holguín. En ese lugar, la Unión Soviética construye una central de azúcar inmensa. Ahí mi mamá compra una casita, creo que por dos mil pesos cubanos, quizás en la actualidad con ese dinero no compras ni una bicicleta, pero la economía en aquel tiempo era algo buena, definitivamente las cosas eran más fáciles. Teníamos de todo, ahí vivimos aproximadamente como tres años.

Mi vida transcurre normal, como la de cualquier otro niño de la misma edad. También asisto a la escuela, tengo amigos, los juegos son casi los mismos, que las bolas, que si el trompo, los papalotes, de diversión tenemos cine, parques, en el pueblo se hacen unos carnavales, los Carnavales de San Germán, donde se reúne la gente en la calle principal del pueblo, es una gran fiesta donde la muchedumbre baila, come y bebe antes de la temporada de cuaresma. En ese lugar vivimos bien tranquilos, tenemos una casa humilde, modesta, y gracias al trabajo de mi madre, nunca nos falta comida en la mesa, vivimos felices.

Capítulo Dos

La aparición de mi padre

Pasaron algunos años. Yo ya estaba en la primaria y no tenía noción alguna acerca de mi padre. Nunca en casa se mencionó a mi papá, yo jamás pregunté por él, yo no tenía idea de quién era él, ni siquiera una imagen de foto, simplemente para mí no existía la palabra "papá".

Un buen día, como a los ocho años de la vida mía, ahí en San Germán, apareció este señor, mi padre.

***

Es la una de la tarde de un sábado. Yo estoy en el patio jugando, cuando escucho que me llama mi mamá desde la sala de la casa: «¡Ernestico! Ven, quiero que vengas, necesito enseñarte a alguien». Percibo que el tono de voz de mi mamá es distinto, hay algo diferente que me intriga, así que corro a su llamado, hacia la sala de la casa, y lo primero que veo es a un señor parado ahí. Se le ve serio, de tez blanca, fornido y con unos ojos claros que me observan con curiosidad. «Él es tu papá. Viene de La Habana», me dice mi mamá a secas. Me quedo parado en la entrada de la sala por un momento, sin saber qué hacer o qué pensar, pero de la nada, así sin más ni más, en un instante algo pasa por mi mente y por mi corazón, sí, siento que mi corazón late con fuerza, por primera vez en mi vida me entero que él existe, sí, mi padre existe y está ahí, en frente de mí, quiero salir corriendo hacia ese hombre y abrazarlo, pero ¡no puedo!, es un señor extraño, me paralizo, finalmente un suspiro sale de mi boca: «¡Oh mi papá!». No puedo hablar más, no sé qué más decir. Acercándose lentamente hacia mí, con cierta timidez y sin mucha expresión me dice: «Ernesto, hijo, te traje esto». Me muestra. Veo algo de ropa, un par de zapatos y muchos dulces, sí, ¡caramelos! *Qué bueno es mi padre, ¡me trajo tantas cosas de La Habana! ¡Mi papá es lo máximo!*, yo grito dentro de mí y la emoción encerrada en mi cuerpo no tiene por dónde escapar.

Ese día convivo con mi papá, charlamos un par de horas, le cuento de la escuela y mis juegos favoritos, me doy cuenta que mi padre es una persona alegre y eso me gusta, pero luego él se marcha. Se va para Bayamo, ciudad de la provincia de Granma (originalmente mi padre tiene el plan de ir a Bayamo pero de camino hace una parada para verme, o mejor dicho, para conocerme).

Mi padre se despide, toma el tren a su destino final y yo me quedo con mis regalos, mis dulces y el recuerdo del par de horas que pasamos juntos. Todo me parece como un sueño.

***

—¿Ernestico, pero que te pasa? ¡Estos días has estado insoportable! ¿Pero por qué te portas tan mal? Anda, siéntate que vamos a cenar.

—No quiero eso, ¡no me gusta! —digo y con furia aviento el plato. Por todo reto a mi mamá. Cada tarea diaria, incluso la más insignificante, es motivo de problema. Me porto tan mal con mi mamá.

—¡No sé qué hacer contigo! ¡Qué pinga es la que te singa, mandinga! ¿Por qué te portas tan mal? ¡Nada de juegos hasta que te comportes como es debido! ¡Estás castigado!

Salgo corriendo al cuarto y me tiro a la cama, siento una gran desesperación y exploto en llanto. *¿Qué me pasa? ¿Porque no puedo parar de llorar? ¡Quiero salir corriendo y no parar!, ¡quisiera tirar esta casa a pedazos, agrrrrr! ¿Qué quiero? ¡Quiero a mi papá! ¡Quiero a mi papá! ¿Por qué se fue? ¿Por qué me dejó?* No lo entiendo, grito en silencio y siento un dolor que recorre todo mi cuerpo y no sé cómo calmarlo. Pasan las horas, la noche se hace larga, es como si el tiempo se hubiera detenido o caminara con desesperante lentitud. Ya exhausto, el sueño me vence y no sé más de mí.

Abro mis ojos y ya es otro día, alcanzo a ver los rayos de sol que entran por el vidrio de la ventana, sé que será un día soleado, el ambiente se siente cálido, pero siento que no tengo energías, no quiero levantarme de la cama, no tengo ánimo para empezar el día con entusiasmo, listo para ir a la escuela, como normalmente me hubiera levantado. Hoy no puedo, lo único que pasa por mi mente es mi padre; me siento triste, confundido y a la vez lleno de rabia.

Escucho a mi madre preparando el desayuno en la cocina, huele a café, pero lo ignoro y me revuelco en la cama.

—¡Ernesto levántate que es hora de ir a la escuela! —grita mi mamá mientras continúa en las labores de la cocina y yo me enrosco de nuevo entre las sábanas optando por no contestar.

—Ernesto, sé que estas despierto, y no te lo repito dos veces, alístate pronto que es hora de ir a la escuela.

—¡No voy a ir la escuela! —grito exasperado, entonces hay un silencio; no escucho más el sonar de la cocina.

—Sí vas. No me importa que usted haya amanecido con el mono virao, no puede estar así toda la vida —responde mi mamá, con calma y a la vez determinada.

—¡No quiero! ¡No voy! ¡No, no!

Salgo corriendo hasta donde está ella y finalmente puedo gritar con todas mis fuerzas:

—¡Quiero a mi papá! ¡Mi papá sí es bueno! Tú no eres, ¡tú no me quieres!

Me regreso corriendo al cuarto y me tiro a la cama; pero no puedo dejar de llorar, hasta que me vence el cansancio y me quedo dormido de nuevo.

—Ernesto, hijo, ya han pasado muchas horas, levántate y prepara tu ropa, nos montamos en el tren de la tarde, nos vamos a Bayamo. Vamos a buscar a tu papá.

Capítulo Tres

La vida con mi padre

Y ese fue el error más grande que cometí en la vida. Nunca debí dejar a mi madre.

Mi mamá me dio la oportunidad de conocer a mi padre, una de tantas cosas que debo de agradecerle. Mi mamá fue siempre madre y padre para mí. Mi mamá fue por la vida siempre sola, luchando contra viento y marea.

El problema mío iniciaría como a los dos días de haber llegado a Bayamo, lugar donde se encontraba mi papá.

***

Mi padre me va a buscar al lugar donde mi madre le indicó. Mi madre se despide de mí con un beso, un abrazo y un par de recomendaciones. Yo, inmerso en mis propios pensamientos de chiquillo, no pasa por mi mente que en ese momento el corazón de mi madre se desmorona en mil pedazos.

Momentos después, mi padre y yo nos vamos a tomar un autobús y en pocos minutos llegamos a la estación del tren.

—Sígueme y no te alejes mucho de mí —me indica mi padre sin ninguna explicación. Entramos a la estación y nos dirigimos hacia la pizarra informativa de los trenes locales. Mi papá se detiene, lee todo lo que dice ahí, se enfoca en donde están escritas las horas de salida, número de tren y destinos.

—Dos boletos a La Habana —se dirige al dependiente mientras desembolsa la plata.

¡Oh!, con destino a La Habana, yo nunca he visitado ese lugar.

Me emociona escuchar que nos vamos a La Habana. Es una experiencia nueva con mi padre, no me pierdo ni el más mínimo detalle. El mostrador está alto, parado de puntitas apenas alcanzo a ver al señor separando dos boletos y preguntando nuestros nombres. Mientras mi padre le responde, yo observo detenidamente cómo el dependiente escribe la información en el pedazo rectangular de papel, justo enseguida de las letras anaranjadas que tiene impresas el billete y cuando termina procede a entregarle los pases de abordar a mi padre.

Mi padre se dirige hacia una puerta que lleva a la parte posterior del edificio, donde están las vías; yo lo sigo en silencio.

No sé cuánto tiempo ha pasado, pero se me hace una eternidad, estoy aburrido, trato de entretenerme caminando de un lado a otro, jugando con palitos y poniendo la oreja en las vías para ver si alcanzo a detectar el tren. Por fin alcanzo a ver el tren, escucho la bocina. Entre más se aproxima más puedo apreciar lo grande que es, ¡inmenso!, pasa la locomotora justo enfrente de nosotros hasta que el traqueteo desaparece al momento de frenar. Mi padre con los boletos en la mano me indica que subamos. Después de caminar por un par de vagones encontramos dos asientos vacíos.

—Pasa Ernesto, siéntate de aquel lado, estos son nuestros lugares. —Mi papá apunta y yo obediente me acomodo al lado de la ventana. Todas las ventanas del tren están abiertas, hace calor aquí adentro pero en cuanto empieza a moverse el tren siento una brisa refrescante. Y así es como comienza una etapa nueva para mí.

Mi padre me lleva de regreso con él a La Habana. El viaje es largo, me parece demasiado lento. Para matar el aburrimiento, me pongo de rodillas en el asiento de vinil, viro la cabeza hacia abajo y observo la ventana del tren: el vidrio es opaco y sucio, y la lámina del tren está raspada, tiene varias partes oxidadas. Prefiero levantar la vista hacia el horizonte, qué bonitas montañas se ven a lo lejos. Seguimos el recorrido y ya hemos pasado por valles espectaculares, plantíos de azúcar y cafetales, de vez en cuando veo animales: cabras, vacas pastando, bueyes arando las tierras. También pasamos por áreas pobladas, sobre todo cuando nos aproximamos a las estaciones, la mayoría de las construcciones se ven desteñidas, yo creo que esas casas quedarían más bonitas si les dieran una mano de pintura. Nunca antes había puesto atención a todas estas cosas como ahora. Los pequeños patios de las casas, justo al lado de las vías, algunos cercados con madera y otros con malla, tienen ropa tendida al sol y una gran cantidad de plantas diferentes, creo que algunos son arboles de plátano o palmeras, hay muchas otras matas que no tengo la menor idea de cómo se llaman. Me pregunto qué tipo de animales vivirán ahí, *quizás ¿jutias, sapos, murciélagos?* e inmediatamente me visualizo a mí mismo jugando entre las hojas, inventando aventuras de explorador.

Me pierdo en mi imaginación hasta que me doy cuenta que el tren ha dejado de moverse. Por fin llegamos a La Habana, capital del país. Justo al bajar del tren me percato de que es un hecho, dejé a mi madre, no hay vuelta atrás.

De verdad que es inmensa La Habana, nunca había visto tantos edificios tan grandes y tan juntos uno del otro, algunos tienen unas terrazas con barandales de fierro. Por lo que veo, ahí es donde la gente cuelga la ropa. Las construcciones tienen ventanas altas con unos arcos en la parte de arriba, todo se ve tan impresionante. Las casas son de muchos colores: blancas, rosas, azules, amarillas, la mayoría en tono pastel. Hay una construcción que en especial acapara mi atención, es enorme, quizás ocupa toda una cuadra de la ciudad, es de color blanco, tiene una serie de columnas muy altas que sostienen un domo; en la fachada tiene escrito "Capitolio", ese ha de ser el nombre de este edificio tan espectacular. *¡Qué bonita es La Habana!* Hay muchos postes y cables por todos lados, las calles son grandes y ¡cuánto automóvil!, he escuchado que varios modelos fueron construidos en Rusia, también hay mucha gente caminando por las calles y otras tantas transitan en bicicleta.

***

Nunca me habría imaginado que mi llegada a La Habana desencadenaría algo así como una tragedia mía. Fue una etapa muy dura. De niño uno no sabe la falta que le hace la mamá, hasta que se vive el momento.

Ya instalado en casa de mi padre y su esposa, después de que pasaron dos o tres semanas, o quizás un mes, empiezo a extrañar a mi mamá, y sí… la estancia ahí con mi papá no es lo que esperaba.

—Es hora de dormir —me dice mi padre una noche.

Salgo al patio, hay luz del sol todavía, en una banca veo mi trompo, lo olvidé, me acerco a él, lo levanto y cuando empiezo a deslizar la soga alrededor del trompo no resisto la tentación, decido tirarlo.

Solo una vez lo tiro y luego me voy a dormir. ¡Ah! Qué bien gira este trompo, es uno de mis mejores movimientos. Lo observo con orgullo cuando en eso veo que se acercan curiosos mis nuevos amigos.

—¡Genial! ¿Cómo hiciste ese tiro? ¿A que no puedes hacerlo de nuevo? —me retan.

—Sí, claro que puedo, vean cómo voy a tirar de nuevo —digo y sonrío con satisfacción. Mientras vuelvo a enrollar la cuerda en el viejo trompo, me dan ganas de ir al baño. *De verdad tengo muchas ganas de hacer pipi, pero si entro a la casa no me van a dejar jugar más, ya mi papá quiere que me vaya a dormir.*

—Esperen, que me han entrado las ganas de ir al baño, regreso pronto —explico y camino hacia la parte trasera del patio. Detrás de una barda veo que hay unas matas. —*Sí, ahí puedo hacer, es un muy buen lugar para...* —Me siento caliente y húmedo. *¡Oh no! ¡He mojado la cama!, ¡otra vez, no!*

***

Las primeras veces que me mojo, mi padre pasa por alto este tipo de sucesos penosos y me da instrucciones de lo que debo hacer y cómo comportarme.

—Ernesto no hagas eso, tienes que ir a orinar antes de meterte a la cama y después tienes que aguantarte o simplemente levantarte al baño. Ya no eres un bebé, date cuenta de eso.

Sin embargo, conforme se repiten los accidentes o incidentes, de acuerdo al punto de vista de mi padre, él me advierte cada vez más molesto y yo fallidamente le prometo una y otra vez:

—Sí papá, no lo voy hacer más, de verdad que no lo vuelvo a hacer.

Pasado un tiempo, estos accidentes me traen contrariedades más serias, mi papá me quiere curar el problema que tenía yo con eso de una vez por todas.

—¡Oh no! ¡Otra vez! ¡He mojado la cama! —refunfuño y miro al viejo reloj de manecillas que está en la mesilla al lado de mi cama, son apenas las dos de la mañana, quizás el colchón alcance a secarse antes de que amanezca, trato de sacudir las sábanas una y otra vez para orearlas, ya no puedo dormir, me siento en un lado del lecho aterrorizado, suplicando que esas sábanas estén secas antes de que…

—¡Lo hiciste de nuevo! ¡Te he dicho que no hagas eso! ¿Cuántas veces te lo tengo que repetir? ¡Eres un sucio! ¡Ahora sí vas a ver cómo te voy a curar tu problema!

Siento un fuerte tirón en mi brazo que me sacude la cabeza y sin pensar de repente estoy contra la pared, escucho cómo avienta la puerta con furia. Me estremezco con el sonido, la piel se me eriza desde la punta de los pies hasta mi cabeza, percibo que estoy en problemas, sí, sé que estoy en un gran problema, tengo miedo, me siento muy solo ahí en ese pequeño cuarto de concreto… *¡Ah, el cuerpo me arde!*, es como fuego que recorre intensamente cada centímetro de mi cuerpo. *¡Oh! ¡Me duele!, ¡este tormento no para!*

—¡A ver si así finalmente entiendes —grita mi padre frenéticamente.

Escucho el ruido de la faja de cuero una y otra vez al contacto con mi piel y aquellos gritos llenos de cólera.

—¡Sucio!, ¡para que entiendas!, ¡A ver si así aprendes!

Y esa faja de cuero sigue rugiendo y rebotando con cada golpe. *Esto es una pesadilla, ¡tiene que ser una pesadilla!, pero no termina, ¡no puedo escapar de ella!, ¡no hay nadie que venga a mi auxilio! ¡Para!, ¡por favor papá para!, ¡no lo vuelvo hacer!,* quiero gritar con todas mis fuerzas, pero lo único que sale de mí son lágrimas, no puedo ni siquiera hablar. Con mi corazón agitado y mis piernas temblorosas a la vez estoy paralizado, es demasiado dolor, el temor me invade, siento que voy a desfallecer.

Otro día transcurre. Es hora de dormir, no quiero ir a la cama, tengo mucho miedo.

La falta de sueño es cada vez mayor, el temor crece, se convierte en pánico y aumenta con aquellos golpes que persisten día con día.

***

Ahí, en ese cuartico de concreto frío, me enfrenté al miedo, me convertí en nada y conocí el salvajismo justo en ese lugar, en casa de mi padre.

—Te me pones a lavar esas sábanas ahora mismo y más vale que las dejes bien limpias. ¡A ver si así aprendes!

Por las tardes mi padre me obligaba a lavar las sábanas.

—Sí papá, ya las lavo.

Las fregaba en una palangana que había ahí con agua y un jabón de pastilla; y al final la esposa de mi padre me ayudaba un poco. Mi madrastra nunca estuvo de acuerdo con los métodos de mi padre, a ella no le gustaba la forma en que él me educaba, pero en esa casa se hacía lo que el hombre decía y punto.

Yo asistía al colegio, creo que cursaba el tercer o segundo grado, no recuerdo muy bien. No tan severo como en casa, pero en la primaria también empecé a tener problemas. Me mandaron a tomar una clase especial, de esas para niños con retraso mental, para niños con problemas de aprendizaje, y es que yo ya no captaba bien las asignaturas.

El marido de mi vecina se llamaba Sigmundo, él me llevaba a mí, a su mujer y al hijo de él a la escuela todas las mañanas. Sigmundo vivía cerquita y era de los pocos privilegiados que podían decir que eran dueños de un automóvil. Me gustaba irme con ellos para pasear en el auto. La hora de ir al colegio era para mí el único momento que disfrutaba del día. La mujer de Sigmundo, Irma, venía con nosotros porque trabajaba en la cocina del colegio. En la escuela nos daban comida, almuerzo y merienda, como las clases comenzaban por la mañana y terminaban hasta en la tarde, contaban con un comedor, todavía me acuerdo con nostalgia.

Mi nivel de aprendizaje se hizo cada vez más deficiente, vivía como en un estado catatónico. Entonces iba a la escuela todo moreteado, mi padre me empezó a pegar en la cabeza también, por dondequiera me golpeaba.

—¿Ernesto, dime qué es lo que te sucede? Me puedes platicar a mí, yo soy tu maestra y puedes confiar en mí. ¿Qué te ha pasado? ¿Por qué estás marcado así? —Llena de preocupación me hacía tantas preguntas la señorita y yo sin poderle responder, estaba como paralizado y simplemente no podía hablar.

Entonces ella dio aviso en el colegio de mi condición y se dieron a la tarea de investigar dónde yo vivía y averiguaron que Irma, la cocinera, me conoce, que es mi vecina, y le preguntaron si sabe qué es lo que pasaba conmigo. Ella dice: «¡Oh no! es denigrante, le dan golpes a ese niño ¡todas las mañanas!». Entonces investigaron más y se enteraron de otros detalles de mi situación, con quién yo vivía y todo el lío. Se dieron cuenta que mi mamá no estaba conmigo.

Mi madre continuaba viviendo en el oriente de Cuba, pero ahí en La Habana tenía una tía que vivía cerca de la escuela. Yo no tenía mucha relación con esa tía, porque ella es hermana de mi mamá, y mi padre no permitía que yo la visitara. Pero de alguna forma, lograron contactar a mi tía y por medio de ella consiguieron la dirección de mi mamá, y le mandaron un telegrama avisándole que yo me encontraba en problemas.

Todo sucedió un jueves, aproximadamente a las doce del día mi mamá recibió el telegrama, y sin pensarlo ella tomó el tren lo más pronto posible con destino a La Habana, serían como diez horas de camino.

***

Es viernes. Son las cuatro de la tarde, suena el timbre de mi escuela, las clases han terminado. Recojo mis útiles y los pongo ordenadamente en mi mochila de cuero (por cierto, ¡cómo detesto los tirantes de la mochila!, cada vez que la cargo en mi espalda, se me entierran en los hombros) y me dirijo a la salida. Para mi sorpresa, veo a mi mamá al final de la explanada, lleva puesta una sonrisa angelical. *¡Mi mamá me está recogiendo de la escuela!* Suelto mi mochila y salgo corriendo hacia a ella, me abraza y yo la abrazo también a ella, siento su calor. *¡Mi mamá! ¡Está aquí! ¡Vino a rescatarme!* Con alivio y lágrimas en los ojos no quiero soltarla ni un segundo.

—Ya estoy aquí Ernestico, vamos por tu mochila, yo te ayudo con ella, tú tranquilo. Ya nos vamos a casa de tu tía, hijo —susurra y acaricia mi cabeza con dulzura. Esas fueron las palabras de más consuelo que hubiera escuchado en tanto tiempo. ¡Qué aliento!

Como a las seis de la tarde mi mamá se aparece conmigo en la casa de mi padre. En cuanto golpea a la puerta, mi corazón se acelera, tengo miedo, estoy muy nervioso, pero cuando mi mamá me toma de la mano me siento más seguro.

Escucho unos pasos que se aproximan, alguien abre la puerta, ahí está él, mi padre.

—Vaya, finalmente apareces, hace un par de horas que deberías estar aquí —me dice ignorando la presencia de mi madre. Pero mi mamá, sin importarle la conducta de mi padre, se para firme en la puerta y lo mira a los ojos.

—Vengo a buscar la ropa de mi hijo, me lo llevo —se dirige a mi padre impetuosamente pero a la vez con calma. Mi papá da un largo paso al frente, hay un corto y profundo silencio, puedo escuchar cómo la suela de su zapato hace contacto con el piso de concreto, se acerca más a ella y le responde con exasperación:

—¡No! Ernesto no se mueve de esta casa.

Pero mi madre sin ninguna timidez le dice:

—¿No escuchas que te he dicho que vengo por mi hijo?

Y él alzando la voz contesta:

—Tú te lo llevas solo si él se quiere ir. Si él no se quiere ir contigo, él se queda aquí, yo soy su padre y ahora mismo te digo que Ernesto me quiere a mí y él no se va contigo, me lo ha dicho en múltiples ocasiones.

Los nervios se apoderan de mí y la tensión crece junto con mi preocupación. *¡Oh no! Ella va a pensar que eso es cierto, ¡oh no!, ¿qué va a pasar ahora? ¿Qué puedo hacer para que mi mamá sepa que la quiero? Necesito salir de este lugar ahora mismo.*

Yo le tengo demasiado miedo a mi papá, y sí, en varias ocasiones le he dicho que ya nunca más me voy con mi mamá. Le tengo tanto miedo a mi padre.

A pesar de la actitud y las palabras de mi padre, mi mamá no se retracta, sino al contrario, sin titubear pone la mano en la parte alta de esa puerta de madera quebradiza, levanta la barbilla y le dice alzando la voz y con una mirada penetrante, llena de ira:

—¡Mi hijo se viene conmigo aunque tenga que matarte a ti, a tu mujer y a tu hija! ¡Por encima de quien sea me lo llevo conmigo, yo estoy dispuesta a cortarle la cabeza a quien sea! ¡Así que lo mejor que puedes hacer es bajarle la ropa y entregármela, que me lo llevo! ¿Me entiendes?

Entonces mi papá se dirige hacia mí y ya estando muy cerca de mi oreja, mueve la cabeza en desagrado, y cínicamente me pregunta:

—¿Tú te quieres ir con ella?

Siento esa mirada que me penetra, tengo frío, mi cuerpo tiembla, me refugio detrás de mi mamá. *Esta es mi oportunidad de salir de aquí, de este lugar, tengo que ser valiente y fuerte si ya no quiero más tormento. No quiero más este calvario.* Y finalmente me atrevo. Casi sin voz, murmurando, inclino la cabeza y con la mirada perdida en el suelo, apenas unas palabras simples puedo pronunciar:

—Sí, yo me voy con ella.

Me entregan como dos o tres prendas de ropita y me voy de ahí al lado de mi madre. *¡Al fin un alivio!*, puedo respirar profundamente, una luz de esperanza. *Estoy a salvo, de regreso con mi madre. No vuelvo a separarme de ella, ¡cómo la extrañé!*

Después de tanta conmoción llegamos a la casa de la prima de mi madre, de regreso al pueblito en el que yo me crie. Qué quietud ¡ahhhh!

Capítulo Cuatro

De regreso con mi madre

Como a los nueve años, en el ochenta y dos, llegué al pueblito de Cojímar. Mi mamá se instaló en una habitación con una pariente de mi abuela, una señora de tez negra que se llamaba Elba, no fue lo mejor que nos pasó en la vida, pero bueno, estaba al lado de mi madre, y estaba con mi hermana, eso era lo más importante para mí.

Yo seguí con mi problema de la cama. Mi mamá también batalló conmigo, ella luchó bastante para que yo superara ese obstáculo. La diferencia entre ella y mi padre es que mi madre me ayudó con toda la paciencia del mundo. Yo pienso que ella sabía que era una cosa que no estaba en mí, no era descaro el mío, en realidad no lo estaba haciendo a propósito solo para mortificar, no. Era un problema que no podía controlar, y es que cuando menos me lo esperaba... pum... tenía el accidente. Ocurría mientras estaba dormido, no era yo, era mi inconsciente el que me traicionaba por completo.

Desde la época en que regresé a vivir con mi madre, ella se pasó el año siguiente, o quizás más, viendo cómo lograba curarme. Buscó por todos lados y encontró muchos remedios. Al final logramos vencer esa batalla gracias a la última recomendación, la que le dio una señora haitiana a mi mamá. Esa persona la convenció de lo que tenía que hacer; y aun y cuando fue un método un poco fuera de lo común o quizás estrafalario, mi mamá efectivamente así lo hizo y siguió paso a paso las instrucciones que aquella mujer le dio.

***

Mi mamá se encuentra en la cocina con un ladrillo en la mano, de esos que se usan en la construcción, de color rojo, lo pone a calentar sobre el pequeño fogón de aquella estufa de queroseno de metal negro. Con unas pinzas levanta el ladrillo y lo vira de vez en cuando hasta que tome una temperatura candente.

—Ya va a ser hora de dormir Ernesto. Vamos afuera, que el ladrillo está ya bien caliente, como debe ser.

—¿Tiene que ser ahora? ¿Unos minutos más, sí? Estoy muy ocupado mamá.

—¡Qué ocupado vas a estar, puro juego te vuelves tú! Anda, ¡apúrate! Date cuenta que el ladrillo ya está hirviendo, no podemos dejar que se enfríe, sino el remedio no va a resultar.

—¡Ay mamá! Espérame un momentito por favor.

—Qué momentito ni qué nada, obedece ¡pero ya!

—Arrrr, está bien mamá, ya voy, ya voy.

—Anda pues, sígueme, vamos al patio. Tú ya sabes, en cuanto ponga el ladrillo en la tierra, te pones de rodillas y luego luego haces pipi encima de él, ¿me entiendes?

—Pero mamá, si yo no tengo ganas de hacer pipi —le lloriqueo.

—¿Te tomaste el vaso con agua que te dejé sobre la mesa?

—Sí, mamá.

—¿Entonces fuiste al baño?

—Mmmmm no, bueno sí, pero solo hice un poquito.

—Ay hijito mío, pero no me haces caso, a ver cómo le haces, pero ahora orinas en ese ladrillo.

—Bueno, está bien. Lo voy a intentar, pero no me mires, si lo haces, no voy a poder.

Mi mamá vira los ojos hacia arriba, cruza los brazos y me da la espalda, yo volteo alrededor para asegurarme que nadie me está viendo y entonces empiezo a mojar el ladrillo caliente.

—Mamá, ¡sale mucho humo! ¡Está bien caliente!

—Así es como debe ser —me responde mi mamá poniendo los ojos en blanco.

—¿Oh, pero por qué pasa esto?

—Es vapor Ernestico, eso te va a curar de tu problema, el calor del vapor te va a quitar el enfriamiento que tienes en la vejiga —mi mamá me explica con paciencia cómo funciona el remedio, obviamente de acuerdo a la creencia de la haitiana.

Esa rutina del ladrillo la repetimos al pie de la letra por tres noches. Ya nunca más vuelvo a mojar la cama. Por más increíble que suene, el remedio resulta todo un éxito.

—Qué alivio, ¡por fin!, ¡mamá! ¡Mamá, ven a ver, que ya no he mojado la cama!

—Qué bien mi Ernestico, sabía que lo lograrías —responde mi madre tranquilamente con un beso en la frente.

***

En ese tiempo, en el que vivimos en casa de la señora Elba, se me complicó un poco la cosa, me enfermé. No pude asistir al colegio como por tres meses, los mismos que estuve en cama. Dijo el médico que tenía una enfermedad llamada hepatitis. Reposo y comer muchos dulces fue lo que me recetó. El reposo me costaba harto trabajo, pero ¿comer dulces?, ¡ah! qué buena medicina me dio ese doctor, yo creo que le caí bastante bien.

Me encanta estar con mi mamá, ella me cuida de maravilla. No hay nada mejor que estar con mi mamá, ¡ella me quiere un montón!

A partir de ese momento, a mi corta edad, aprendí a apreciar todo lo que mi madre hacía por mí y por mi hermana.

Hasta ese entonces en Cuba siempre tuvimos educación y atención médica, dental, de oculista, y todo lo que necesitábamos. Y además de todo, ese tipo de servicios eran muy buenos. Más adelante la situación cambió, y no para mejorar.

Pasado un tiempo, las cosas empezaron a dejar de funcionar bien con Elba, la mujer con la que vivíamos, la media prima de mi abuela. Un día sin más ni más nos dijo fríamente que nos teníamos que ir de su casa.

—Ernesto, prepara tu maleta, yo me encargo de ayudarle a tu hermana, nos vamos de aquí.

Y así fue, seguimos nuestro camino.

Con anterioridad, mi mamá había vendido la casa que compró en San Germán y tenía, yo me imagino, como unos dos mil pesos ahorrados.

Así que la búsqueda de un nuevo lugar para vivir comenzó. Mi mamá encontró un departamento. Se trataba de un cuartico que tenía un baño y su cocina. Esa pieza la construyó una señora en la parte de atrás del patio de su casa. Como la mayoría de las viviendas en Cuba, nuestra casita era de cemento, con el techo y el piso de concreto. El sitio era diminuto, pero era todo lo que mi mamá podía comprar.

Ya habíamos estado ahí unos ocho meses, creo yo, cuando la señora que le vendió a mi mamá nos quiso sacar. Afortunadamente, cuando mi mamá hizo el trato de compra y le entregó el dinero a la dueña, con mucha previsión e inteligencia le hizo firmar un papel el cual después sirvió para presentarlo ante la corte. Así que un éxito más, logramos quedarnos con nuestro cuartico.

Mi madre se aseguró de que nunca nos faltara nada. Mi mamá toda su vida ha sido una mujer muy luchadora, yo la considero una guerrera. Ella tenía regularmente dos o tres trabajos, uno de esos era un trabajo de oficina donde era la tenedora de libros de una tienda de ropa, su horario era corrido para después continuar trabajando en un mercado donde vendían víveres alimenticios, ahí también llevaba contabilidad, pagos, cosas de esas. Ya en las tardes que salía, regresaba a casa a preparar la cena para comer juntos, pero su jornada no terminaba ahí, en la noche se ponía a coser a máquina, muchas veces hasta altas horas de la madrugada, me decía que con la costura ganaba más plata que en su trabajo en la oficina.

Una de tantas metas que mi madre se trazó, fue ampliar ese cuarto donde vivíamos, y lo hizo. Construyó un segundo piso, prácticamente levantó otro apartamentico arriba. Ahí vivimos cómodamente por cuatro años. En aquel tiempo, en mi país, Cuba, el que quería vivir con dignidad lo podía hacer. Así que puedo decir que vivíamos con decoro. Y todo gracias al trabajo de mi madre, ella siempre se preocupó por alimentarnos bien, vestirnos, y yo entiendo que nos dio una buena educación.

Ya que los problemas con la dueña continuaron, mi mamá decidió permutar la casa.

En Cuba hay un sistema en el que si alguien quiere cambiar su casa por la de otra persona, se puede solicitar el permiso de permuta en una oficina de Gobierno. Así que en cuanto arregló todo el papeleo nos mudamos de ahí.

Mi mamá, siempre buscando mejorar, permutó la casa varias veces, yo hasta perdí la cuenta de cuántas, pero al final encontró muy buen apartamento. Ya para entonces tenía yo la edad de nueve años y fue ahí donde yo manifestaría mi interés por el deporte, por el kayak.

Capítulo Cinco
El deporte

De paseo con mi madre, un domingo por la tarde, algo llama mi atención.

—¡Mira mamá! —grito maravillado, y apuntando con mi dedo índice hacia el mar le trato de enseñar eso que me tiene cautivado.

—¿Qué cosa? —responde mi madre sin detenerse.

—¡Yo quiero practicar ese deporte, yo quiero hacer eso mamá, se ve espectacular!

Finalmente ella hace una pausa en el camino para ver qué es lo que tanto me entusiasma, pero simplemente contempla la vista frente a ella y con tranquilidad da un suspiro y continúa caminando.

—¡Mamá, mamá!, ve eso, ¡mira para allá! —insisto con desesperación mientras tiro de su brazo y apalanco mi cuerpo para intentar acaparar su atención. Finalmente para.

—Qué cosas se te ocurren hijo.

—De verdad que sí me gustaría hacer eso, por favor mamá, sería estupendo que yo aprendiera ese deporte.

—Por supuesto que no, Ernestico.

—¿Pero por qué no mamá?

—Mamá, mamá, mamá. Esa palabra la escucho mil veces al día. Hijo: date cuenta que eso en el mar, es muy peligroso.

—No lo es si yo sé nadar, acuérdate que con los primos salíamos a bañarnos al río.

—¿Qué tal si algo te pasa? ¡Te puedes morir! ¡Ay no, ni Dios lo quiera!, imagínate tú, yo qué haría si algo te pasara, me moriría también.

—No mamá, no me va a pasar nada, si a ellos no les pasa nada, yo te aseguro que a mí tampoco, de verdad que nada pasa. ¡Mira qué bien se ven ellos!, yo quisiera estar como ellos; además, ahí está el maestro, anda mamá, ¿sí?

Y esa historia se empieza a repetir contantemente, y no solo cuando salimos a caminar por el malecón de la bahía de Cojímar.

Ahí en la costa de Cojímar es donde por primera vez descubro una de las grandes pasiones de mi vida, el kayak.

Cojímar es muy bonito, quizás debería decir que antes era muy bonito, hoy en día se encuentra bastante destruido, es una pena.

***

Recuerdo con nostalgia esas tardes de paseo donde podía disfrutar de la belleza del lugar. Se veía vegetación por todos lados, había unos árboles muy altos con un follaje muy denso y extendido, algunos de ellos tenían flores de color rojo; también había plantas y flores de diferentes colores por doquier. Además de las aguas color turquesa del mar Caribe y su blanca arena, el pueblo tiene un faro y un torreón construidos por los españoles justo a la orilla del mar, al cual denominaron Fuerte de Santa Dorotea de la Luna de la Chorrera, o como se le conoce comúnmente: "El Torreón de la Chorrera". Cuenta la historia que ese antiguo castillo fue edificado con el propósito de defender la zona. En ese tiempo, los ciento treinta y siete habitantes del lugar donaron mil monedas de oro españolas, o ducados, para la obra, la cual fue concluida a mediados de 1646 por el gobernador Álvaro de Luna y Sarmiento debido a que existía la posibilidad de un ataque por parte de Portugal. En ese entonces era un pueblo muy pequeñito, solo contaba con treinta y siete casas. Más adelante, en el año de 1762, la edificación fue dañada por los cañones de los ingleses cuando el Rey Carlos III de España le declaró la guerra a Inglaterra. Afortunadamente el torreón fue reconstruido.

Sin embargo, más allá de la magia del lugar, lo más importante para mí era que ahí se practicaba ese deporte, el kayak.

Después de transcurrido un tiempo, cada vez que caminábamos por el malecón, en cada oportunidad yo le seguía insistiendo a mi madre. En realidad, yo no hablaba de otra cosa más que del kayak.

***

Un día, de paseo, mi mamá decide sentarse en una banca a descansar y a contemplar el paisaje.

—Mira mamá, eso me gusta, quiero hacer eso, por favor, deja que yo aprenda el kayak, por favor, ¿sí? —seguía insistiéndole a mi mamá mientras que en cuclillas con una rama seca de un árbol molestaba a un alacrán.

—¡Oh, Ernesto! ¿Qué haces? ¡Mira que ese bicho te va a morder! Suelta esa rama al fin que en un momento nos vamos.

Las palabras de mi madre pasan como relámpago por mis oídos. Yo estoy impresionado con aquello del kayak, me pierdo dentro de mi imaginación pensando en que yo podría llegar a ser uno de esos deportistas.

—Si sales bien en el colegio, y te portas bien, quizás lo pueda considerar.

—¿De verdad? Te prometo que sí, voy a portarme muy bien y mis notas en la escuela van a ser bien buenas, ¡ya lo verás!

No era un sí por parte de mi madre, pero al menos ya tenía un avance.

Voy pensativo de camino a casa, jugueteando con la rama seca que recogí temprano, y continúo observando a esos niños remando y practicando el deporte.

—Está bien Ernesto, mañana vamos a ver si todavía hay matriculas disponibles. —Me sorprende mi mamá de pronto.

—¡Sí va a haber! Tiene que haber, ¡estoy seguro! —replico alborotado y no dejo de brincar de gusto. *¡Viva! ¡Ha ocurrido un milagro, logré convencer a mi mamá!* Eso era lo más difícil del asunto, el resto tendría que salir bien.

En la noche no puedo conciliar el sueño, doy vueltas y más vueltas en la cama, miro el techo y de vez en cuando viro la cabeza para ver si a través de la cortina vieja de la ventana veo ya por fin penetrar la luz del día. Se me hace la noche muy larga, casi eterna. Tanta emoción siento.

Abro los ojos, aflojerado bostezo y mientras estiro mis brazos me acuerdo que es ya de día. *Sí, ¡hoy va a ser un gran día!, necesito estar listo lo más rápido posible.* Me pongo la camiseta y el pantalón, sin fijarme en el agujero de la rodilla, y mucho menos me percato de que cada día ese viejo y decolorado pantalón se me ve más corto. Corro a la cocina, mi mamá ya se encuentra preparando el desayuno.

—¡Ya estoy listo mamá!

—¿Qué listo vas a estar? Vamos, siéntate a desayunar.

—¡No, no tengo hambre, vámonos ya mamá, que se pueden acabar los lugares! —le digo con desesperación.

—Cálmate Ernestico, que si es para ti, vas a tener un lugar, primero es lo primero, a desayunar.

—Ay mamá, pero…

—Nada de pero, si no comes no vamos a ningún lado —me interrumpe.

Sin más remedio me siento a la mesa, mi mamá me sirve un café con leche, dos pedazos de pan y la mitad de un plátano. Devoro la comida casi sin masticar, tratando de perder el menor tiempo posible.

Después de caminar varias cuadras y tomar una guagua llegamos al lugar. ¡Por fin! ese camino estuvo eterno. Mi mamá se dirige hacia un escritorio de metal medio despintado, donde está sentada una señorita, ha de ser la secretaria del lugar, y yo detrás de ella escucho atentamente a mi madre pidiendo información sobre las clases del kayak, yo por supuesto que no quiero perder ni un solo detalle.

—Aquí tiene señora, solo necesita llenar esta planilla y el niño quedará inscrito —esas palabras son como un canto para mis oídos. *¡Oh! ¡Qué bien!, ¡ya voy a poder aprender el kayak!* Siento como si tuviera un nudo en el estómago, *¡qué emoción!*

Entonces la secretaria toma la planilla y verifica que esté todo correcto.

—¿Supongo que tú eres Ernesto? —se refiere a mí la secretaria.

—Sí, señorita —atento le respondo.

—La clase empieza a las ocho de la mañana, puedes venir y comenzar mañana. Tienes que estar muy puntual, a las ocho ya tienes que estar listo para comenzar tu clase, ten muy en cuenta que la disciplina aquí es muy estricta.

Asintiendo yo con la cabeza le respondo a sus instrucciones:

—Sí señorita, sí, voy a venir bien temprano.

—Con que llegues a tiempo es suficiente —me responde con una sonrisa.

Mmmmm un día más de espera para practicar el kayak, pero esta vez ya con la seguridad de que tengo un lugar reservado para mí en la clase. Con esa tranquilidad puedo ir a la cama a dormir más fácilmente.

***

Tal como me aconsejó la secretaria el día anterior, me apuré para estar ahí a tiempo. Entendía que si llegaba tarde me causaba un problema, así que a las ocho de la mañana siguiente ahí estuve muy puntual, listo, más que listo diría yo. Enseguida conocí a Pepe, el instructor de kayak. Ahí puedo decir que fue cuando empecé a practicar el deporte.

La clase consistía primero en presentar la parte instructiva, eso tenía una duración de solamente media hora, después decíamos el lema y de ahí venía el instructor con el periódico para que leyéramos las noticias más importantes de la semana, incluso teníamos que leer las noticias internacionales también, era todo muy educativo. Al final de la primera parte, ya nos tocaba hacer el calentamiento a la orilla de la playa y luego el entrenamiento del día, arriba del kayak, por supuesto.

—Con calma Ernesto, no pierdas el equilibrio, fíjate bien en el ángulo de tus brazos, recuerda que deben estar posicionados a noventa grados más o menos —con paciencia me explicaba la técnica Pepe, mi instructor.

¡Oh no! ¡Me viré de nuevo! No es tan fácil como aparenta ser, pensaba con desesperación cada vez que me caía. *¡No avanzo ni un milímetro, ah!* Mi frustración empezaba a crecer cada vez más. No importaba qué tan desesperado estuviera, entre más caía más me montaba en el kayak.

Después de varios días de intento, y gracias a la paciencia de Pepe, empecé a avanzar, primero remando adelantaba un poquitico y ya después me empecé a desplazar unos metros sobre el agua.

¡Ah! Así sí, ¡al fin puedo navegar este bote!, esto me gusta, sí, de verdad que me gusta bastante. Empecé a disfrutar cada segundo del kayak. Era una experiencia increíble poder deslizarse en el mar.

Pasado el tiempo, avancé en el entrenamiento, luego ya podía remar unos cinco o hasta diez kilómetros.

Al terminar el ejercicio del día, siempre me dirigía a limpiar mi bote y lo colocaba donde debía estar guardado; todo tenía un lugar designado, todo aquello estaba muy bien organizado.

Entonces se formaba toda la clase en fila, y un compañero asignado como monitor de la clase decía el lema, una frase del poeta nacional de Cuba, José Martí.

—¡Solo los cristales se rajan y los hombres mueren de pie! ¡El kayak!

—¡Contra viento y marea! —nosotros respondíamos, como era debido. Y así despedíamos la clase cada día.

***

Mi vida diaria es ajetreada. Siempre estoy ocupado. Alrededor de las diez y media de la mañana estoy de regreso en casa. Me ducho, como algo que mi mamá me deja preparado, generalmente moros con cristianos y platanito frito, o algo así por el estilo, y después salgo apurado, rumbo a la escuela.

Las clases comienzan a la una, y por ende tengo que estar en la primaria un poco antes de la hora de entrada. Por fortuna, la escuela está cerca de la casa; ir caminando no representa ningún problema. En ese trayecto de la casa a la escuela aprovecho para reflexionar sobre el entrenamiento del día.

El primer año que practico el kayak, básicamente es puro aprendizaje, una rutina solamente, sin competencias de por medio. Pero al segundo año, durante el curso, llegan los torneos. Pepe decide que estoy listo para competir, primero en mi localidad y luego en otros municipios. Reúnen a todos los chicos deportistas para participar, así se hace el equipo en mi época. En mi primera competencia somos diez botes, mi categoría es la de once a doce años, la más chica que existe.

Se encuentran todos los botes alineados en la orilla de la playa, identifico el mío, de color amarillo pálido, tiene la pintura un poco quemada por el sol. Me dirijo a tomar mi posición y mi entrenador, Pepe, me acompaña dándome algunas instrucciones.

Dan el toque de salida y con todas mis fuerzas salgo corriendo, arrastrando mi bote hacia el mar. Una vez que estoy en el agua me monto y comienzo a remar lo más rápido posible. Arranco bien, sigo bogando con fuerza, fijando la vista hacia el frente y siguiendo la trayectoria de la competencia. *No quiero mirar hacia atrás, ¡no puedo perder ni un segundo, tengo que seguir lo más rápido que pueda!*

—¡Vamos Ernesto! ¡Vamos, vamos! ¡Tú puedes! —alcanzo a escuchar a mi entrenador y sé que puedo remar más y más rápido, me salen fuerzas no sé de dónde.

¡Ya alcanzo a ver la meta! ¡Ya estoy aquí! Al fin cruzo jadeante y con el corazón que me late muy de prisa escucho el resultado.

—¡Ernesto Farías en tercer lugar! —El señor que se encuentra posicionado enseguida de la meta anuncia mi lugar y la gente aplaude. No son muchos los que se encuentran presentes, la mayoría son familiares de los competidores. Mi mamá no pudo acompañarme, su trabajo no se lo permitió. Quizás la próxima vez pueda venir a verme.

Y sí, ahí que voy terminando en tercer lugar. *Ah, qué bien, me siento satisfecho y contento.*

—Muy bien, estuviste muy bien Ernesto —me anima Pepe y me recompensa con un vaso con agua.

—Gracias Pepe, ¿qué tú crees que lo pude hacer mejor? —le pregunto antes de beber el agua.

—Sí, pero no te preocupes ahora por eso. Vas a ver que con el entrenamiento constante mejorarás tu técnica y tu velocidad todavía más, para eso estamos trabajando —me responde mientras me da pequeñas palmadas en el hombro.

***

Las competencias continuaron toda la temporada y yo generalmente quedaba en un buen lugar.

Un día, después del entrenamiento, me pide Pepe que lo espere un momento, creo que tiene algo que decirme.

—Te tengo una buena noticia, Ernesto.

—Sí, dime, qué es lo que tú tienes que decirme. ¿Qué noticia?

—Estás calificado para el torneo nacional, necesito que le avises a tu mamá para que te dé permiso de viajar a La Habana, ella necesita firmar un papel.

—¡Oh! Sí, por supuesto que sí lo va a firmar, vas a ver que sí.

—También tenemos que empezar un entrenamiento más riguroso, después te comento los detalles.

—Sí, Pepe, gracias. Le voy a echar muchas más ganas.

—No tengo la menor duda Ernesto, nos vemos mañana a la misma hora y no olvides avisarle a tu mamá.

***

Y el día de la competencia nacional llegó.

—Son treinta y dos botes, Ernesto, sé que puedes, no pierdas la concentración —me daba consejos mi entrenador antes de la competencia.

Y esa fue la primera vez que no me fue bien en un torneo, creo que terminé como en puesto quince, por ahí. *No lo logré, no sé qué pasó, ¿no me preparé cómo debía?, quizás tenía que entrenar más duro,* fue lo que pensé.

Regresé frustrado a casa, con las manos vacías, solo venía con la experiencia de haber participado y sobre todo de haberme enterado que definitivamente el nivel de esos competidores era más alto que el mío; ah, pero eso sí, volví con la determinación y el coraje de poner más empeño en mi entrenamiento.

***

Un año más llega y se va, yo ya estoy en séptimo grado y practico con todas mis fuerzas con el kayak; ese deporte me llena de retos y satisfacciones y yo me lo tomo tan en serio que dedico, con mucha disciplina, gran cantidad de tiempo y energía a él.

La recompensa del duro entrenamiento finalmente se presenta: durante el Campeonato de La Habana en el año ochenta y cuatro llego en primer lugar. En una ceremonia sencilla pero emotiva me otorgan un diploma como reconocimiento, pero para mí lo mejor es cuando escucho decir: «Oh, aquí tenemos al campeón provincial». Me hace sentir tan orgulloso.

Bueno, otra cosita: con la ayuda de la fama empiezan a rondar las chicas… ¡qué conveniente! Sí, en ese año me va bien, ¡más que bien!

Después paso a la categoría de escolares entre trece y catorce años. A esa edad me ofrecen una beca que me permitiría tener un mejor entrenamiento. El Gobierno se encarga de reclutar a los mejores chicos con talento deportivo de todas las provincias, e incluso de otras disciplinas también, y prepararlos profesionalmente para competencias nacionales e internacionales.

En caso de aceptar esa beca, yo tendría que salir de la casa los domingos por la noche y regresar las tardes de los viernes, prácticamente tendría que vivir en la escuela durante la semana. Es como una especie de internado.

—Ernesto, ¿qué pasa?, ¿Por qué no quieres aceptar la beca? —asombrado me pregunta Pepe.

—Oh, no sé. —Desanimado bajo la cabeza sin poder darle una explicación.

—¿Como que no sabes?, tú tienes mucho talento, ¡esta es una gran oportunidad para ti!

—Sí, lo sé —contesto a secas y escondo la mirada deseando que la conversación llegue a su fin.

—Imagínate tú, es una puerta que se te está abriendo, puede ser el comienzo de una carrera deportiva, es muy bueno para tu futuro e incluso ¡podrías viajar! —insiste de una y mil formas mi entrenador, sin entender lo que pasa por mi cabeza.

El deporte me llama de corazón, es en ese momento mi gran pasión; y no solo eso, sino que también estoy consciente que en esa escuela hay mejor entrenamiento, mejores botes, en fin, un programa mucho más avanzado que el que tengo en mi ciudad. Sin embargo, el hecho de aceptar esa oportunidad significaría separarme una vez más de mi mamá. La experiencia del pasado, que hasta entonces permanece enterrada, de pronto resurge, me tiene aturdido.

No, nunca más dejo a mi mamá. El temor a lo que podría sucederme emocionalmente de separarme de mi madre me obstaculiza tomar ese peldaño en el deporte.

***

Pensé que durante aquella conversación había tomado mi decisión, pero no fue así. Durante un mes completo le di vueltas a las palabras de mi entrenador, no podía quitarme de la cabeza la visión de poder llegar a un nivel profesional, de crecer en el deporte; pero a nivel anímico me costaba mucho trabajo la idea de separarme de mi madre, las huellas del pasado me tenían atarantado. Con mucho esfuerzo, y las porras de aliento de mi madre y mi entrenador, superé esa inseguridad. Cambié de opinión y le pedí a mi madre que me acompañara a la escuela. Como menor de edad que yo era, ella todavía tenía que estar conmigo para autorizar cualquier trámite de ese calibre.

—Ya están las matriculas llenas, Ernesto. Hijo, no te aceptaron, ya no hay espacio —me informó mi mamá con decepción.

—¿Qué?, es broma, ¿cierto?

—No, desafortunadamente no es broma.

En ese instante me entró una ira, una soberbia, y no pude evitar gritar con rabia:

—¡No puede ser, yo soy el campeón de La Habana!, ¿qué es lo que piensan? ¡Me tienen que dar una oportunidad!

No quería creer lo que mis oídos estaban escuchando, me rehusaba a aceptarlo, pero no había nada que hacer, llegué demasiado tarde y no podía culpar a nadie. Fui un bobo, un idiota, ¡un estúpido!

Lleno de frustración y desilusión decidí abandonar el kayak. Otro error que cometí en mi vida: dejé de entrenar kayak. Pudo más el orgullo y la impaciencia de saber que tendría que esperar un año más.

Me puse a entrenar pelota por un par de meses, pero mi carrera de beisbolista fue muy corta. Me pusieron de jugador de primera base, y a la primera que, con torpeza de mi parte, no logré agarrar la pelota y me golpeó fuerte en la nariz dejé también el béisbol. No tenía paciencia, se me hacía muy aburrido, yo no le veía futuro al béisbol. La realidad era que dos meses era muy poco tiempo de práctica, pero más importante: yo reconocía que ese juego no era para mí. Desde niño nunca me gustaron los deportes en equipo, siempre me incliné por los deportes individuales.

—Mamá, he decidido que la pelota no es para mí, así que de hoy en adelante voy a practicar lucha grecorromana —dije entrando a mi casa. Mi madre me escuchó y afirmó con la cabeza pero hizo una mueca que sin lugar a dudas mostraba su desaprobación… no estaba convencida, pero al final me apoyaba igual.

Y ahí fuimos nuevamente con trámites y todo el lío de la inscripción. Todo para descubrir que mi carrera en la lucha grecorromana perduraría solo un mes. Al igual que con el juego de pelota, con este deporte nuevo tampoco me fue muy bien. Yo atribuyo mi fracaso a que cuando yo empecé a practicar ese deporte, en Cuba era temporada de frío, y aunque no es tan gélido como en otros lugares del mundo, para mí, que soy de clima cálido, sí estaba invernal el ambiente. Los entrenamientos eran calientes y al salir me encontraba con la temperatura baja, y eso me afectaba. Con esos cambios de clima se me presentó un problema, principalmente a la hora de ducharme, empecé a soltar mucha sangre por la nariz.

El médico le explicó a mi mamá que podría ser por los entrenamientos tan fuertes, pero ahora que lo pienso bien, quizás también pudieran ser secuelas del golpe en la nariz.

A pesar de que a mí sí me gustaban los entrenamientos bien rigurosos, decidí que no, que la lucha grecorromana tampoco era para mí. Cada vez era más y más la sangre que botaba por la nariz, entonces ahí ya no pasó más nada, solo brinqué de un lado al otro sin encontrar mi lugar. Pero *hey*, al menos lo intente.

Capítulo Seis

Evento inesperado

Cuando estaba por terminar el noveno grado, ya empezaba a mostrar interés por la carrera de educación física; y para involucrarme más en el campo, decidí ir a un centro acuático del colegio, ahí había una piscina muy grande así que no dudé en inscribirme en las clases de natación.

***

Mi clase ha terminado desde hace más de cinco minutos. Hoy me dio por quedarme a nadar un poco más de lo estipulado, pero a pesar de mi intención de alargar el tiempo de entrenamiento en la piscina, interrumpo mi ejercicio pues algo llama mi atención. Es la conversación animada de dos muchachitas. Me acerco a la canaleta y me recargo a contemplarlas. Ellas están platicando y no tienen idea de que las observo. Las admiro al detalle, sin poner atención a su conversación. *Qué lindas muchachitas, especialmente la de la derecha, de tez blanca y bien delgadita que se ve.* Cuando se quita la gorra de la cabeza cae una larga cabellera obscura sobre su espalda. *¡Oh! ¡Qué va! Con ese traje de baño verde, esas piernas largas y torneadas parece una Diosa bajada directamente del Olimpo. Qué guapa está esa mujer, ¡tremenda pastilla!, me pregunto si vendrá a las clases de natación* *todos los días. Nunca la había visto antes.* (Mientras mi interés por la carrera de educación física apenas despertaba, el que tenía por las chicas ya era más que evidente desde hacía un tiempo).

Al día siguiente, de regreso a mi clase, busco con la mirada a lo largo y ancho de la piscina con la esperanza de volver a ver a las chicas que conversaban el día anterior, pero no las veo por ningún lado. *Bueno, quizás mañana las encuentre por aquí*, me digo.

Transcurren varios días. Yo sigo con mi rutina de ir a la escuela y a las clases de natación. Después de una semana me olvido de esas chicas. *Al fin que hay muchas más muchachas*, me aliento a mí mismo, pero casi de inmediato reflexiono y pienso que en verdad es difícil encontrar a otra chica tan bonita como aquella que vi en el centro acuático. *Quizás la soñé.*

Ya es viernes por la tarde, estoy saliendo del club con ansias de regresar a la casa y disfrutar del fin de semana para descansar un poco de la escuela; y digo un poco, porque para mi mala suerte tengo bastante tarea por hacer. *Al menos no me tengo que levantar temprano,* camino pensativo cuando de repente escucho un ruido. Me detengo y al virar veo una botella de plástico medio llena con agua rodando por la escalera. Obviamente a alguien se le cayó por descuido. De inmediato me agacho a recogerla. Todavía en cuclillas, levanto la cabeza para alcanzarle la botella a la persona que viene bajando. Con sorpresa veo que se trata de la chica del otro día.

¡Oh! en verdad no fue un sueño, es ella, ¡es la chica de la piscina!, pienso algo agitado mientras me enderezo y le paso la botella.

—Gracias —ella me agradece con timidez.

—Sí, sí, de nada —le contesto titubeante. *Esta es tu oportunidad de conocerla Ernesto*, una voz interior me señala, pero no puedo decir más nada; y en eso aparece otra muchacha, *creo que es la amiga, la verdad no estoy seguro, ya no la recuerdo.*

—¿Lista? —En lo que se aproxima le pregunta.

—Sí, vámonos antes de que pase la guagua. —Se dirige a su amiga y a mí me regala una sonrisa agradecida por el acto de caballerosidad.

Las dos amigas se desplazan conversando hacia la parada del autobús. Yo, con curiosidad, trato de escuchar un poco lo que hablan.

—Me enteré que estabas enferma, ¿ya estás bien?

—Sí, fue solamente un resfriado, y una infección en la garganta, pero ya estoy mejor.

—¿Lista para seguir con el entrenamiento?

—Sí…

Entre más se alejan más se desvanecen las voces, hasta que no alcanzo a escuchar más nada y desaparecen de mi vista.

Ah, pero qué bobo ¡Ernesto! se te fue la oportunidad de conocerla, me habla mi subconsciente bastante irritado. Pero enseguida me justifico: *Tengo bastante tarea por hacer, no puedo perder mucho tiempo.*

¡Qué contrariedad!, en lugar de desear que el fin de semana no termine, ahora estoy impaciente para que transcurra. *Parece como si las horas fueran de noventa minutos, es un fin de semana largo, como quisiera que ya fuera lunes de nuevo.* Curiosamente esto no me ha pasado antes. Es la primera vez que deseo volver a la escuela lo antes posible, qué extraño ¿no?

El lunes, al terminar las clases, me dirijo al club sabiendo que es muy alta la probabilidad de toparme con ese encanto de mujer; por lo que me propongo firmemente superar mi estúpida timidez y como mínimo poder entablar una conversación con esa chica. *¡Quizás hasta la pueda invitar a una cita! Uy, eso sería espectacular.* Las fantasías agarran vuelo en mi mente.

Al llegar a la piscina efectivamente ahí está, la mujer perfecta. Durante el entrenamiento no dejo de pensar en conocerla. *Necesito idear un plan para coincidir con ella sin que se vea muy obvio mi interés.* No se me ocurre nada. *¡Piensa Ernesto! ¿Y si nomás me acerco a ella cuando llegue a la clase? Mmm, no creo, todos me van a ver, me vería como un bobo, quizás no es nada buena esa idea.* Lo único que cruza por mi mente es que al terminar la clase busque una oportunidad para tropezar con ella, pretendiendo que ha sido cosa meramente del destino, por supuesto. Al fin y al cabo, como ella y yo salíamos a la misma hora, se notaría muy normal ese acercamiento.

Terminando la clase me ducho como un rayo y ya listo espero disimuladamente en el corredor de la salida del club para fabricar nuestro encuentro.

Y así es, coincidimos. Mi tremendo plan no funciona del todo bien, nuestra charla no pasa más allá de un hola.

Bueno, al menos ya sé que no me evita. Me regresó el saludo. Una vez más justificándome.

Pasan varios días y el propósito de invitarla a salir lo dejo a un lado. Es algo difícil para mí, no tengo idea de cómo aproximarme a ella, o, para ser más sincero, no me atrevo a acercarme a esa chica.

Un buen día, con hambre y algo distraído voy de regreso a casa, cuando justo al abrir la puerta de la escuela, escucho que alguien viene detrás de mí, me viro sujetando la puerta para no cerrarla en sus narices. *¡Es ella!* Viene detrás de mí y para mi fortuna nadie la acompaña. *¿Será el destino?*

—Hola —Ella me saluda primero. Eso me gusta, me siento más seguro.

—Hola, ¿qué tal? ¿Te abandonó tu amiga?

—Sí, ¿tú crees? —me responde con una sonrisa.

—No, claro que no.

—Blanca tuvo un evento familiar así que no pudo asistir hoy.

—Por cierto: mucho gusto, yo soy Ernesto.

—Sí, lo sé, digo, ya sabía, tú sabes… en la clase.

Qué tarugo, cómo se me ocurre decir eso arrrrr, pienso pero esta vez continúo la charla.

—Sí, es verdad, ¿Yanina?

—Sí, así es, yo me llamo Yanina… jajaja —me contesta risueña.

—Si quieres te encamino, ¿a dónde vas?

—Está bien, voy a casa de mi abuela. Si gustas, me puedes acompañar a la parada del autobús.

—Pásame tu bolsa del gimnasio, que yo te ayudo con ella.

—Bueno, gracias.

—¿Así que vives con tu abuela? —Es lo primero que se me ocurre preguntarle.

—No, solo voy a visitarla. Yo vivo con mi mamá. Mi papá y mi mamá se divorciaron, tú sabes...

—¡Oh! Te entiendo, mis padres también se separaron. Yo, al igual que tú, vivo con mi mamá.

—Yo siempre he querido vivir con mi papá, él es muy cariñoso conmigo y nos llevamos muy bien. Pero mi mamá nunca me ha dejado hacerlo.

—Yo no, yo estoy muy bien con mi mamá. —Prefiero no recordar la lamentable experiencia que tuve con mi padre.

Llegamos a la parada y cortamos la conversación, para mi mala suerte el autobús llega casi de inmediato. De cualquier forma esta charla es un buen comienzo. El hecho de cruzar algunas palabras con Yanina es suficiente para mí.

Algunos días transcurren, no ha pasado nada trascendental con Yanina, solamente nos saludamos y charlamos un poco cuando la encamino a la parada del autobús.

Una tarde como cualquier otra llego a casa agotado, ya he terminado todas mis actividades escolares y deportivas del día.

—¡Ya llegué mamá, traigo mucha hambre! —pego un grito justo al entrar a la casa y tiro la maleta enseguida de cruzar la puerta.

—Primero ve a tender tu traje y la toalla al patio, luego te vienes a cenar. ¡Ah! Y no dejes la maleta ahí tirada, llévala a tu cuarto. Muchacho, no dejas las cosas en su lugar.

—Agrrr pero… —protesto.

—Oye tú, ¿pues qué crees que no me canso? —me interrumpe de inmediato.

—Hash, está bien, ya oí —replico haciendo una mueca. Levanto la mochila con pereza, saco la ropa mojada y me voy al patio caminando lentamente con los hombros gachos, haciendo algo de drama.

—Anda Ernesto, no te hagas el mártir, ¡apúrate! Que tengo ropa que coser todavía.

Casi a punto de terminar de poner el traje de baño en el tendedero, escucho un llamado. Alguien me habla desde la puerta de la cocina.

—¿Ernesto?

Esa voz... ¡yo conozco esa voz! Me viro y casi me quedo petrificado cuando veo que mi papá está parado ahí. (Yo ya tenía casi los catorce años, mucho tiempo había transcurrido desde la última vez que vi a mi padre. Hasta ese momento mi hermana y yo habíamos vivido tranquilos, al lado de mi madre, ahí en Cojímar).

—Hola Ernesto —me saluda con tono suave y yo simplemente asiento con la cabeza.

—He venido a buscarte para platicar contigo.

Después de un corto silencio algo incómodo, continúa:

—He venido a verte para charlar contigo sobre tus estudios.

Observo detenidamente a mi padre y noto que hay algo diferente en su persona. Ya no lo veo tan grande y fuerte como solía verlo. Después de unos segundos de procesar su presencia le respondo:

—Está bien, ya casi termino aquí y voy para allá.

Entro a la cocina, mi madre se encuentra parada cerca de la mesa; y al lado opuesto, está sentado mi padre.

—Ernestico, tu papá viene a charlar un rato, si quieres siéntate y en lo que cenas platican un momento.

—No, no tengo mucha hambre todavía —contradigo—. El apetito se me desvaneció.

—Vamos, siéntate, tu mamá también va a conversar con nosotros —reitera mi padre dando pequeñas palmadas en el aire.

Tomo la silla más cercana a mi madre y me acomodo descansando los brazos sobre la mesa. Sin darme cuenta me distraigo observando detalladamente el mantel. *Parece que las líneas rojas se entrelazan con las blancas formando cuadros de diferentes tamaños, no me había fijado antes en la tela del mantel, me parece curioso*. De pronto, mi padre acapara mi atención.

—Me enteré que tienes interés de asistir a la escuela de educación física, ¿cierto?

—Sí —respondo a secas, con la mirada fija en el mantel. Me siento algo confundido. *¿De qué se trata esto?, ¿cómo es que él está enterado de mis planes?*

—Verás Ernesto, como ya te encuentras a punto de terminar tu secundaria, le comentaba a tu mamá que sería bueno que vinieras a vivir conmigo.

Mi padre hace una pausa, esperando la respuesta mía, pero solo asiento con la cabeza y continúa con su propuesta.

—La escuela queda más cerca de mi casa. La casa de tu abuela también está por el mismo rumbo y a ella le gustaría poder convivir contigo, hace muchos años que no te ve, tú sabes.

Me quedo mudo, no sé ni qué pensar, esto me cae como bote de agua fría en la cabeza. Mil preguntas pasan por mi mente. *¿Mi papá, vive cerca de la escuela de educación física y mi abuela.... qué tiene ella que ver en esto? ¿Hace muchos años que no te ve? ¡Claro, si yo no la conozco! ¿Así de repente se aparece mi padre?*

—No tienes que decidirte hoy, yo puedo regresar en un par de días y si resuelves venir conmigo, lo puedes hacer. Ah, por cierto, tú vendrías a pasar los fines de semana con tu mamá.

Al retirarse mi padre, le pregunto a mi mamá exaltado:

—¿Estás de acuerdo con esa idea?, ¿tú quieres que regrese con él?

Ella me contesta con toda serenidad:

—Hijo, cálmate un poco. Tu padre y yo platicamos sobre el tema. Creo que es conveniente para ti esta opción, sobre todo por el traslado.

—¿Cómo? Por lo que veo, ya te has puesto de acuerdo con él, ¿Que me quieres correr de aquí? —digo frustrado. Pienso que se confabularon en mi contra, *¡mi madre me traiciona!*

—Tranquilo Ernestico. Mira que te explico. Yo no quiero echarte de la casa, por supuesto que eso nunca pasaría por mi mente. Simplemente tu padre te está ofreciendo una oportunidad para facilitar tus estudios. Cualquiera que sea tu decisión, yo la respeto. Pero lo que sí es un hecho es que yo no puedo negarte la oportunidad de que convivas con tu padre y su familia, ¿sabes? Al final de cuentas, ellos también son tu familia.

—¿Sí? ¿Cómo así de repente se aparece? ¿Por qué? —Sigo sin comprender lo que pasa.

—Entiende, Ernesto, mi obligación es aconsejarte. Tú sabes que yo siempre estoy aquí para apoyarte en cualquier cosa que se te ofrezca, cualquiera que sea tu decisión, lo único que te pido es que analices la situación. Yo pienso que sí es una gran ventaja para ti estar cerca de la escuela y si en determinado momento las cosas no funcionan, pues no pasa nada, aquí siempre tendrás tu hogar, nada pierdes con intentarlo. Por lo pronto cena, y luego con la barriga llena lo consultas con la almohada.

¡Me saque la rifa del guanajo! Mmm... ¿Qué haré? Me parece sospechoso que mi padre así de repente viene a proponer que yo vuelva a vivir con él. ¿Por qué será que me quiere de vuelta con él?, ¿En verdad querrá ayudarme con mis estudios?, ¿Será que está arrepentido por la manera en que sucedieron las co-

sas años atrás y quiere remendar el pasado? ¿O será una segunda oportunidad para los dos? ¿Si será que mi abuela me quiere ver también?, aturdido me hago mil preguntas.

No te tires con la guagua andando, Ernesto. Calma, piensa, analiza muy bien antes de tomar una decisión, me dice mi voz interior.

Mi mamá tiene razón. Definitivamente me queda mucho más cerca la universidad de la casa de mi padre, eso es una ventaja bastante grande, creo yo. Lo bueno es que no dejaría a mi mamá por completo y esta vez dudo que se atreva a golpearme, ahora tengo la capacidad de defenderme, se metería en un buen lío conmigo. Comienzo a ver la situación con más claridad.

Después de haberlo pensado bastante bien, tomo la decisión de regresar a vivir con mi padre, y a su vez me animo a regresar a mi deporte, el kayak.

Ya instalado en casa de mi padre y su esposa, inicio mis estudios en la escuela de educación física y regreso a practicar deporte. Me adapto con facilidad a mi nuevo estilo de vida. La esposa de mi padre es amable, no tengo ningún problema con ella, ni con mi padre. Casi todo el día me encuentro fuera de la casa, por lo que no paso mucho tiempo con ellos.

Tal como lo había manifestado mi padre, también conozco a mi abuela paterna. Ella es una señora amable y de buen carácter. No se ve vieja, yo creo que tiene unos sesenta y cinco años. Yo procuro visitarla de vez en cuando y ella me recibe siempre con agrado.

A veces me pide que le ayude a mover cosas pesadas, a mí no me importa hacerlo; sobre todo porque ella, muy agradecida, le gusta compartir conmigo un poco de pan y café con leche.

Aun y cuando yo pensaba que no era muy divertido conversar con una abuela, después de varias visitas encuentro interesantes sus historias, sobre todo aquellas en las que describe cómo era la vida antes de la Revolución, cómo es que cae la dictadura del general Batista. Además parece interesarse en mi vida, por lo general me pregunta cómo voy en la escuela y en el deporte.

***

Ha transcurrido un poco de tiempo de haber empezado esta nueva etapa de mi vida, cuando en una de esas visitas cotidianas a casa de mi abuela, ella me pregunta si me gustaría asistir a la fiesta de quince años de la hija de una amiga de la familia. Todos estamos invitados. Yo, sin pensarlo, le digo que sí. *Bobo sería si no voy. Esas fiestas son muy divertidas, siempre dan comida y van un montón de muchachas. Con lo que me gusta el baile, seguro la voy a pasar estupendo.*

Un día antes de la fiesta, me doy cuenta que mi agenda está muy apretada.

—Papá, mañana es la fiesta de quince de la muchacha esa, amiga de la familia, ¿verdad?

—Sí, y ¿qué con eso?

—No, pues es que me toca mi entrenamiento, y salgo algo tarde.

—¿Qué? ¿Piensas no ir, chico?

—No, sí quiero ir. Pero estaba pensando si… ¿está bien si los alcanzo en el salón?

—Sí, seguro, está bien Ernesto, ahí te vemos luego.

Salgo tirando tenis de mi entrenamiento para alistarme. Llegando a la casa, me ducho y me pongo un pantalón negro con una camisa color azul claro, me aseguro que la ropa esté planchada y los zapatos de color negro bien lustrados. Me reviso en el espejo para ver que esté bien fajao y me voy volando a la fiesta, suerte que está a un par de manzanas de la casa.

Llego al lugar de la celebración. Es en una casa grande, de color amarillo, con unos arcos altos de cantera en color blanco adornando el frente de la casa. Es una construcción tipo colonial, con techo de teja. La puerta principal está abierta de par en par, haciéndole sentir bienvenidos a los invitados. Siguiendo el murmullo de la gente camino por un pasillo amplio. *Ya son pasadas las siete de la tarde, pero no creo que me haya perdido de mucho desde que empezó la fiesta*. Al final del corredor llego al lugar donde se encuentran todos los invitados reunidos, es en un patio bastante grande ubicado en el centro de la casa, tiene piso de concreto y las paredes son altas de color amarillo pálido, se ven muy bonitas decoradas con guirnaldas de globos. Las mesas de los invitados están alrededor del patio, vestidas con manteles de tela y adornadas con un centro de flores de papel por el cual emerge un globo tirado por un listón, todo hecho manualmente y en color rosa pastel.

Observo a mi alrededor, buscando a mi familia, pero atrae mi atención la mesa del fondo, la de la quinceañera: tiene un arco de globos y flores de papel que cubre a lo largo y ancho de la mesa; en el centro se encuentra el pastel, es bien grande, de varios pisos, adornado con merengue, flores de azúcar y listones de color rosa por supuesto. *Ummm ¡qué rico se ve!, hace mucho que no como un pedazo de torta, se me hace agua la boca.*

¡Ajá!, ahí está mi familia, al lado izquierdo de la mesa principal. En lo que me dirijo hacia ellos, el animador anuncia el vals de la quinceañera. Me detengo para contemplar a la dueña del santo. Ella va pasando al centro de la pista acompañada de su padre, quien la lleva orgulloso del brazo. Todos los invitados se ponen de pie y aplauden a la festejada. Mientras un vals estilo cubano comienza a sonar lentamente, el padre alienta a la tímida quinceañera para iniciar el baile y ella algo sonrojada acepta. El vestido color de rosa de la festejada, estilo princesa, tiene unas pequeñas incrustaciones de flores de satín en el escote y la falda amplia de gasa baila al ritmo de la música. *No cabe duda que el rosa es el color favorito de la joven. Este día ha de ser como un sueño hecho realidad para ella.* (Yo creo que todas las muchachas cubanas en algún momento de su vida sueñan con tener una fiesta de quince años, es un día especial en el que ellas deben de sentirse como princesas de cuento, es su gran

debut ante la sociedad como señoritas). *Qué bonita es esta tradición y qué buena se ve esa torta.*

En seguida anuncian la entrada de la corte, la cual está encabezada por el chambelán. Entra muy gallardo, con su brazo doblado hacia la espalda, vestido con un traje negro y corbata de color rosa que hace juego con el vestido de la quinceañera. Después de una elegante reverencia, el padre cede el lugar al chico y él la toma de la mano; el resto de la corte forma un círculo alrededor de ellos. Al momento de cambiar el ritmo del vals comienzan a bailar una coreografía. *¿Cuánto habrán ensayado?,* me pregunto.

Continúo observando detalladamente todos los movimientos bien sincronizados de los chambelanes y sus damas uniformadas en color rosa. La quinceañera sobresale de entre todas, su vestido es más amplio y glamoroso que el de sus damas, es la única que viste guantes. En su cabeza lleva una pequeña tiara y su pelo negro suelto, peinado con perfectos bucles, cae sobre su espalda. *Definitivamente, este día será inolvidable para la festejada.*

Alguien me hace señas con el brazo, es mi abuela. Paso entre la gente que continúa de pie observando el baile del vals y llego a la mesa donde está mi padre, mi madrastra y… *¡la chica del centro acuático!*

—Oye pero yo a ti te conozco —me dice Yanina extrañada.

Yo me quedo parado ahí, igual de sorprendido que ella

—Oh sí, sí…

Mi padre me interrumpe:

—Mira Yanina, él es tu hermano, Ernesto.

Nos quedamos perplejos.

—¿Cómo? —ambos preguntamos atónitos al mismo tiempo.

En ese instante, cualquier atracción física que tengo hacia Yanina desparece. *¡Cuánto desconozco de mi padre! Nunca me hubiera imaginado que Yanina y yo fuésemos hermanos.*

Después de recibir tan inesperada noticia, me siento algo incómodo sentado en la misma mesa con Yanina. No sé cómo comportarme, así que el resto de la tarde trato de pasarla bailando con otras chicas y conversando con algunos de mis amigos que andan en la fiesta. Sin embargo, cuando veo que se encuentran repartiendo el pastel, sin pensar me dirijo a mi lugar. Yanina con naturalidad entabla conversación conmigo:

—Así que tú eres mi otro hermano.

—Qué sorpresa, ¿no? —replico apenado.

—¿No sabías que tenías una medio hermana?

—No, ni idea. En realidad yo viví lejos de mi padre por muchos años. Hace muy poco tiempo que me mudé con él.

—Yo sí sabía que tenía un medio hermano. Pero hasta hoy estaba en la creencia que vivía en Guantánamo.

—Uy no, yo viví ahí hace muchos años. Estaba muy chiquito.

***

La conversación entre Yanina y yo se prolongó más de lo que imaginé. Gracias a eso, deduje cuál fue la verdadera razón por la cual mi padre fue a buscarme. Resulta que mi madrastra se enteró por medio de mi padre que yo asistía al mismo centro acuático que mi media hermana. Ella, con justa razón, temía que fuésemos a enamorarnos. Así que la mamá de Yanina fue la que en realidad mandó a buscarme. Aparentemente mi padre y esa señora, después de su divorcio, conservaron una relación hasta cierto punto amistosa.

A partir de aquel día empecé una relación con la chica del centro acuático, con la bella Yanina. Aunque no precisamente de la manera que yo hubiese imaginado.

Mi hermana siempre fue muy linda conmigo y todavía lo es.

Capítulo Siete

Mis estudios

Al poco tiempo de restablecer la relación con mi padre, me mudé a su casa. En esa época también me matriculé en la Escuela Superior de Perfeccionamiento Atlético; tenía en mente la meta de llegar a ser maestro a nivel técnico medio.

Ya que la escuela contaba con equipo de kayak, no dudé en integrarme a él y comenzar de nuevo a entrenar. Me sentía muy animado. Llegaron las competencias y sin mayor problema gané el campeonato de kayak de la escuela. Gracias a ese logro, me escogieron para unirme al equipo nacional del kayak. Sí, una vez más la oportunidad se me presentaba. Sin titubear, acepté la oferta.

Lleno de energía y entusiasmo estaba viviendo una nueva etapa. Ya con cierta madurez me tracé nuevas metas. Tenía sueños por cumplir también.

Mi rutina diaria empezaba muy temprano todas las mañanas. Me levantaba un cuarto de hora antes de las seis para llegar a tiempo a mi entrenamiento. Ya a las siete me encontraba en el agua remando, unas dos horas aproximadamente. Después del remo, la actividad variaba, había días que salía a un gimnasio a levantar pesas; y otros, me tocaba correr o practicar la natación. Después del entrenamiento riguroso, tenía un par de horas libres, mismas que ocupaba en comer y prepararme para después tomar las clases. La escuela empezaba a la una en punto de la tarde.

A pesar de que tenía una agenda bastante ocupada, yo me daba el tiempo durante la semana para visitar a mi abuela ya que la escuela de educación física quedaba cerca de su casa; y por supuesto, los fines de semana los reservaba para estar con mi mamá.

A Yanina, mi hermana, la seguía viendo en el centro acuático. Mi acercamiento hacia ella cambió por completo. La seguía encaminando cada vez que podía a la parada del autobús, pero entonces era con el afán de protegerla.

Al inicio del semestre mis notas académicas fueron bastante aceptables, terminé mi primer año de estudios sin mayores complicaciones. A pesar de que le dedicaba bastante tiempo a los entrenamientos, también alcancé un buen promedio en la escuela. Asimismo, en el deporte me fue por lo general bien, en ese año tuve la oportunidad de asistir al Campeonato Nacional de Cuba representando a La Habana satisfactoriamente.

Sin embargo, antes de iniciar con el segundo año de mi carrera, mi suerte cambiaría y no necesariamente para mejorar. Para mi mala fortuna, mueven la escuela a un lugar bastante lejos de donde yo vivía, prácticamente fuera de la zona de La Habana, al municipio de Boyeros. Y bueno, eso para mí fue un problema, no solo por la distancia que tenía que recorrer diariamente, sino porque también la situación económica del país se empezó a poner bastante difícil.

En el año de 1991, con el colapso de la Unión Soviética, el apoyo monetario para con Cuba por parte de Rusia fue suspendido, fue entonces que comenzó una severa depresión económica en el país, el llamado Periodo Especial. Recuerdo que uno de los problemas que afectaron a la población fue la disminución drástica del transporte. Ya no teníamos forma de trasladarnos de un lugar a otro con facilidad.

La ubicación entre la escuela, la casa de mi papá y el club deportivo era como un triángulo. Aproximadamente yo recorría cerca de cien kilómetros en el día en autobús, pero cuando las cosas cambiaron, me transportaba en bicicleta. Y aun y cuando me las averiguaba para tomar atajos y recortar las distancias, mi recorrido diario era de unos ochenta kilómetros en bicicleta. No había otra opción, no teníamos forma de transportarnos. Pasados unos tres meses, el cansancio me empezó a consumir, bajé de peso, ya no tenía suficiente energía, me quedaba dormido sin darme cuenta en las clases, a veces me quedaba sin comer porque no llegaba a tiempo a los comedores de la escuela donde nos daban el almuerzo y ya tampoco podía ir a la casa de mi padre. Cuando esto sucedió, yo aún pertenecía al equipo de kayak. En general se me empezó a complicar la vida de sobremanera. Llegué a un punto en el que se me hacía casi imposible seguir estudiando y entrenando al mismo tiempo.

***

Un fin de semana, de camino a casa de mi madre, me pongo a reflexionar sobre mis posibilidades y opciones. *Ahora estoy en la cima del deporte, soy muy rápido, estoy joven y puedo llegar muy alto.* El deporte es el tema principal que pasa por mi mente.

—Hola mamá, ya llegué, ¡mmm, qué rico huele!

—Hola Ernesto, acércate a la mesa. Hoy preparé arroz con un plátano frito.

—¡Con el hambre que tengo!

—Siéntate, que ya está el plato en la mesa. Cuéntame cómo te fue en la semana.

—¡Oh! —Respiro profundamente, mirando con atención los dedos de mis manos. No sé cómo continuar con esta conversación.

—¿Qué pasa? —pregunta mi mamá intrigada.

—Necesito decirte algo, um... ahhhh, tú sabes, mamá, yo estoy en la cima del deporte, en el equipo nacional, con los tipos grandes. —Entrecortado intento explicarle.

—¿Oh si? ¿Con los tipos grandes? ¿Te refieres a gente muy alta? —me responde mi mamá con tono juguetón, mientras deja en la mesa una jarra de agua de limón.

—No mamá, es en serio. Deje que yo le explique.

—Está bien, dime ¿de qué se trata chico? —contesta mi mamá mientras se sienta a escuchar con interés. Yo me rasco la cabeza, bajo la mirada y voy al punto.

—Tú sabes que cambiaron la escuela, ahora me queda demasiado lejos. Se me hace muy difícil, siento que ya no puedo hacerlo todo. No puedo ir a la escuela a estudiar y también llevar el entrenamiento, ahora todo me queda muy lejos.

Mi mamá, sospechando la dirección que tomará la conversación, se para bien recta y con determinación me dice:

—Ernesto, escucha muy bien lo que te voy a decir: el deporte te va a servir mientras estás joven, pero una educación te va a sostener toda la vida.

—Sí mamá, pero yo ya tomé la decisión, tengo que escoger entre el deporte y la escuela y yo ando en mi mejor tiempo del deporte.

Y ahí mi mamá de una sola me dice:

—No Ernesto, eso no te va a servir en un futuro. ¡Usted va a estudiar alguna carrera, la que usted elija! ¡Aunque sea lo último que haga en la vida, usted va a terminar sus estudios!

—No me entiendes mamá, te repito que yo ya tomé la decisión, no voy a seguir con la escuela.

En ese momento mi mamá da un paso al frente, se recarga en la mesa y con la mirada fija y penetrante afirma:

—¡Mira muchachito, de una vez date cuenta que por encima de mi cadáver vas a dejar la escuela, el deporte no es primordial!

—Pero mamá…

—No hay peros, Ernesto, tú vas a continuar con la escuela, ¡fin de esta discusión!

—¡No mamá, mira que…!

En ese momento siento una fuerte cachetada que me hace virar. Mi madre, con mayor frustración, se impone:

—Usted va a hacer lo que yo le diga. ¡Punto!

Hasta ahí llega la conversación. Me dirijo a mi cuarto protestando entre dientes:

—¡No es justo!, ¿por qué tengo que hacer lo que usted quiere?, ya ni hambre tengo. —Quiero tirar la puerta pero me amedrento. *¡Qué cachetada me ha puesto! Me dejó la cara ardiendo. Pero nada es peor que esta impotencia que siento... agggrrr.*

***

Me rehusaba a retirarme del deporte. Por un par de meses hice un mayor esfuerzo para continuar con ambas cosas, de verdad traté de perseverar y aferrarme a mis sueños, pero la realidad estaba ahí, era un hecho, yo ya no estaba rindiendo ni en el deporte ni en la escuela, mis tiempos empezaron a empeorar cada vez más y mis calificaciones a bajar, así que al poco tiempo opté por dejar el deporte como mi mamá lo indicó.

Prácticamente en ese momento se acabó el deporte para mí. Me llené de profunda tristeza y resignación.

Me dediqué al estudio, aunque no al cien por ciento como lo planeado. Las circunstancias me obligaron a trabajar y combinar ambas cosas. Y así lo hice por cuatro años, hasta que me gradué, a la edad de veintidós años.

Capítulo Ocho
El trabajo

Durante el periodo en el que me dediqué al estudio seguí instalado en la casa de mi padre. La economía en el país empeoraba y con ella también la realidad financiera de nuestra familia. Era tan dura la situación del país que teníamos que inventar cómo hacer dinero para poder sobrevivir; lo que daba el Gobierno para alimentarse, para vivir, ya no era suficiente. Los salarios eran tan bajos que no alcanzaban para gran cosa.

Cada vez que llegaba a casa de mi padre me percataba que teníamos más carencias. Sentía la obligación de aportar algo a la familia. Como estudiante, era casi imposible encontrar un empleo en el que pudiera recibir un sueldo decoroso. Pero me quedaba muy claro que algo tenía que hacer.

***

De regreso de casa de mi madre, el domingo por la noche, encuentro a mi papá sentado en la sala de la casa tomando café.

—Papá, necesito hablar contigo.

—Bueno, aquí estoy —me dice sin mostrar mucho interés.

—He estado pensando en cómo hacerle para traer más dinero a la casa.

—Ah ¿sí? Dime. ¿Qué se te ha ocurrido? —esta vez con curiosidad me responde.

—Traigo en mente de hacer algo así como un negocio.

—¿Qué quieres decir con "algo así como un negocio"? Ernesto, tú sabes que aquí en Cuba si la gente decide hacer negocios…

—Ya sé que no se permite, pero sí se puede —interrumpo.

—La única forma es hacerlo de manera clandestina, pero te digo que eso es muy peligroso —contesta mi papá con seriedad. (La palabra negocio era casi prohibida).

—Sí, por supuesto que lo sé. Tenemos que tomar el riesgo, no hay otra opción; tú sabes que la cosa está cada vez peor. ¿O qué hacemos? ¿Nos morimos de hambre?

***

En varias ocasiones debatí con mi padre sobre el tema de poner un negocio. Yo estaba consciente de que en caso de emprender un empresa cualquiera nos jugaríamos todo. Si por algún motivo nos descubrieran, iríamos a la cárcel ¡y por tiempo indefinido! Lo más posible sería que en estos momentos todavía estuviese ahí de haberme sucedido. En mi país no hay libertad.

Ya que la libreta de racionamiento que otorgaba el Gobierno cada vez era más estrecha y los productos en las bodegas (como nosotros le llamamos a los comercios) escaseaban, la gente se veía obligada a buscar otras formas de subsistir. Con lo que se podía adquirir en la tienda apenas se vivía un par de semanas.

Según recuerdo, cada vez que me formaba en las grandes y fastidiosas filas de las bodegas, la cuota mensual que nos tocaba por persona consistía en cinco huevos, un poco más de una libra de pollo, media libra de picadillo de soja (o soya), una libra de frijoles, siete libras de arroz, cuatro libras de azúcar, media libra de aceite, cuatro onzas de café y un paquete de pasta. El resto de los víveres se tenían que conseguir en el mercado negro y por supuesto que a precios mucho más altos que el de los artículos subsidiados por el Gobierno.

***

—Está bien Ernesto, vamos a planearlo muy bien, con mucho cuidado y con la mayor discreción posible. —Después de algunos días de pensarlo muy bien responde mi papá.

—Sí, lo comprendo.

—¿Cuál es tu idea?

—Yo he visto que aquí en La Habana se usan mucho las velas, sobre todo para esas cosas de santería.

—¿Pero tú qué sabes de santería? Que yo sepa tu mamá no practica eso, y yo ¡menos!

—No, espera papá, que no es nada relacionado con la santería, solo sería cuestión de producir las velas y venderlas. Entiendo que mucha gente usa las velas para los rituales, y tú conoces hartas personas; de hecho, tú podrías encargarte del mercadeo.

—¿Y luego? ¿Tú sabes cómo hacer velas? —pregunta mi papá interesado.

—Sí, yo sé cómo se pueden fabricar, es un proceso muy sencillo —contesto todo orondo. Tuve la oportunidad cuando niño de ver cómo se hacían velas y desde entonces aprendí.

—Bueno, esa parte ya está. ¿Qué sigue? —pregunta mi papá intrigado.

—También ya me informé dónde podemos comprar la parafina, el hilo y todos los materiales. Ya tengo todos los contactos.

—Por lo que veo, ya andas encaminado. Está bien Ernesto, hagamos un par de pruebas primero y si funciona, entonces limpiamos el cuartico de los tiliches del patio para poder trabajar ahí. Eso sí, nadie se debe de enterar, absolutamente nadie, ni tu sombra, ¿entiendes?

—Sí, está bien papá, yo entiendo.

Desde que hablamos me entró la confianza de que nos podría ir bien, claro, siempre y cuando anduviéramos con cautela.

***

Al fin nos decidimos a empezar el negocio de las velas.

Sabíamos que para conseguir el material teníamos que comprarlo en el mercado negro, a otra gente, que al igual que nosotros hacia negocios clandestinos. No había otra opción. Era una época en la que todos estábamos luchando por sobrevivir.

Procedimos a comprar los materiales. En la fábrica de fósforos logramos conseguir a mayoreo la parafina. Nos la vendían en unos sacos que pesaban ochenta kilos y así mismo conseguimos el hilo, ollas viejas y moldes para comenzar a trabajar.

Mi rutina cambió a partir de que arrancamos "el negocio". Empecé a trabajar bien duro. Yo me levantaba temprano en la madrugada, como a las seis, y me iba a la fabriquilla que teníamos en el cuartico del patio de la casa. Ahí me encerraba a trabajar y eso era de hacer velas como hasta las diez de la mañana. Después me iba a bañar, vestir y desayunar para partir rumbo a la escuela. En la noche, que llegaba a la casa alrededor de las siete, regresaba a trabajar y ahí se me pasaba el tiempo, como hasta las diez u once de la noche.

Al principio la fábrica no producía mucho, yo me acuerdo que en una jornada diaria de trabajo de entre ocho y diez horas más o menos, lo único que salía eran como cuatrocientas velas.

Después de haber transcurrido un tiempo, me empecé a sentir bastante estresado, además de cansado. Las horas de trabajo se acumulaban sin oportunidad para descansar.

***

Un día, estando en medio del trabajo, hago una pausa para pensar un poco. *Tenemos buen mercado, pero no tiempo suficiente. Todo este proceso es muy lento, todo camina muy despacio. Mi papá asegura que sí tenemos forma de colocar muchas más velas, tengo que analizar... mmmm... ¿qué puedo hacer? El problema principal es la lentitud. Yo mismo lo he dicho, lo que estoy haciendo no es práctico, me toma demasiado tiempo. ¡Ah! Estoy exasperado. En ocasiones siento que estoy a punto de explotar, pero me controlo.*

¿Qué puedo hacer para mejorar este proceso?, me pregunto. *Necesito hacerlo mucho más rápido.* Sigo estudiando la técnica y el procedimiento que usamos para la elaboración de velas. De súbito me calmo y comienzo a observar con detenimiento la manera en que producimos las velas, cuando de la nada se me viene una idea a la cabeza. *¡Ah, pero cómo no se me ocurrió antes!*

***

Durante un par de días me enfoqué en buscar la forma de hacer más eficaz el proceso que tenía para la producción de las velas. Con unos inventos y modificaciones que le hice al proceso, logré incrementar la producción de nuestra fábrica.

De cuatrocientas velas que hacíamos por día, ahora lográbamos fabricar hasta tres mil o cuatro mil velas por día. Para mí eso representaba un pequeño éxito. Me sentí muy satisfecho. Presentía que a partir de ese momento nuestra vida empezaría a dar un giro. El bienestar de la familia se haría de nuevo presente.

Y así fue. A pesar de que el país iba de mal en peor, el dinero empezó a llegar. En la casa de mi padre ahora vivíamos más cómodos, teníamos comida y ropa; de hecho, durante aquel periodo en el que logramos despuntar la producción, nunca nos faltó nada.

Mi papá enseguida se compró una moto, luego vendió la moto para hacerse de un carro; y aunque era un carro antiguo, eso ya en Cuba era un lujo.

La gente empezaba a murmurar. Inevitablemente las sospechas se hicieron presentes.

***

Una mañana, justo antes de salir a la escuela, tocan a la puerta. Estoy solo en casa. *¿Quién podrá ser a esta hora?* Con mis libros en la mano acudo al llamado. Al abrir la puerta me encuentro con un agente de la Policía Nacional Revolucionaria. Es un hombre corpulento, moreno, usa bigote y viste su uniforme de color azul. Me informa con formalidad que tiene una orden de registro de la casa. Y aunque me cae de sorpresa su presencia, obviamente me imagino muy bien a lo que viene. *¡Oh no!*

El corazón me empieza a latir rápidamente, pero me controlo, trato de ocultar mi nerviosismo, siento un nudo en la boca del estómago. *Tranquilo Ernesto, todo tiene que salir bien, solo actúa con naturalidad e inocencia,* me dice mi voz interior. Por lo tanto, al abrir la puerta, lo invito a pasar fingiendo no saber nada. «Pase señor oficial. Permítame dejar los libros en la mesa, iba saliendo a la escuela». Le doy una pequeña explicación para intentar apresurarlo. Sin embargo, el policía ignora mi comentario y entra a la casa caminando lentamente, con cautela. Primero se dirige a la cocina, abre un par de gabinetes, examina y no encuentra nada más que ollas, trastes viejos y la alacena medianamente surtida. La presencia de este hombre me pone tenso. Enseguida pasa a las recamaras, y de igual forma abre un par de guardarropas, nada de valor, nada fuera de lo normal. Yo, continúo detrás de él, lo acompaño rogándole a Dios que no me pida salir al patio. Da un giro y me pregunta a dónde da la puerta que está al final del pasillo. Le informo que es el baño de la casa. Se dirige hacia esa dirección, abre la puerta y asoma la cabeza solo para confirmar que efectivamente es un pequeño lavabo. Después de hacerme un par de preguntas de rutina, con toda seriedad me comunica que ha terminado su visita y se retira.

Tan pronto como cierro la puerta, muy intranquilo deslizo un poco la cortina de la ventana para asomarme con discreción y asegurarme que el agente se ha retirado. Y sí, observo que se monta al auto. Cuando desaparece de mi vista, siento que puedo respirar. *¡Qué alivio! ¡Qué susto! Si nos agarran... ¡Oh no, no quiero ni pensarlo!*

***

Yo estaba produciendo dinero para la casa, estaba aportando para mejorar el nivel de vida familiar y no obstante tenía lo indispensable para vivir, empecé a soñar con algo más. Deseaba progresar, comer y vestir mejor, incluso poder ahorrar un poco de dinero. Ya no me conformaba con el simple hecho de subsistir.

Además de que mis aspiraciones crecieron, ya no me sentía del todo satisfecho trabajando con mi padre. Él se encargaba de administrar y tomar las decisiones del negocio mientras que mi cometido era únicamente fabricar las velas. Conforme transcurría el tiempo, yo empecé a sentirme amarrado a él.

Con temperamentos semejantes, mi padre y yo comenzábamos a tener desacuerdos; pero yo, viviendo en casa de él, no podía hacer nada al respecto. Solo me tocaba acatar las reglas de la casa y seguir sus órdenes.

***

Algunas semanas transcurrieron. Una tarde, llegando de la escuela, veo de nuevo uno de esos autos blancos de la policía estacionado al frente de la casa. *¡Oh no! Regresó el oficial.* Cuando entro apurado lo primero que veo es la puerta del patio abierta. *¡Esta vez sí se fue a revisar el patio!* Agitado me dirijo en esa dirección, pero me detengo cuando veo a mi padre caminando con el agente. *¡Van al negocio!* Empiezo a sudar de nerviosismo. Desde la puerta del patio alcanzo a ver a mi madrastra, ella se encuentra en la cocina, está enfrente del fregadero lavando trastes. Sin moverse de ahí, casi petrificada, solo me mira angustiada, no cruza palabra alguna conmigo. Mi padre abre el cuarto de tiliches. Él se queda afuera mientras el oficial entra a revisar. Casi de inmediato sale de ahí.

Mi padre encamina al oficial de nuevo a la casa. Al pasar por un lado mío mi padre me ignora casi por completo. Yo entiendo que es un mensaje para que no me acerque a ellos. *Es mejor no correr ni un riesgo. Entablar una conversación conmigo puede dar puerta abierta a sospechas.*

Al ver el rostro calmado de mi padre, tanto mi madrastra como yo nos damos cuenta que todo está bien.

—¡Volvió de nuevo el policía! ¿Qué paso? —En cuanto sale el agente y cierra la puerta le pregunto angustiado a mi papá.

—Todo está bien, no creo que vuelva. —me responde muy ecuánime.

—¿Crees eso tú? ¿Por qué lo dices con tanta seguridad? —mi madrastra interviene preocupada.

—Esta vez ya se convenció que aquí no pasa nada. Todo está bien, quédate tranquila —mi padre le asegura.

***

Después de la primera visita que tuvimos por parte de la policía, para mayor seguridad construimos una pared falsa en el cuartico donde trabajaba, incluso le colgamos un cuadro viejo y polvoriento. Atrás de esa "pared" escondimos los materiales que usábamos para hacer las velas, ollas y el resto de la producción. Para dar la apariencia de que en realidad ese lugar era solo un pequeño almacén, colocamos de manera estratégica algunas cosas viejas, como una silla oxidada, una bicicleta que se caía a pedazos, escobas y trapos sucios.

Yo, cada vez que terminaba mi jornada de trabajo, me encargaba de dejar todo escondido detrás de la pared, y organizar el lugar de tal manera que aparentara ser un simple cuarto de tiliches.

Aquella vez corrimos con suerte, la siguiente… quizás no.

Capítulo Nueve

Mi independencia

Para mi madre fue como un sueño hecho realidad que yo terminase mis estudios y estuviese listo para embarcarme en mi carrera profesional. Yo, por complacer a mi madre, aceptaba todo lo que me decía. No podía privarle de la satisfacción que ella sentía.

—Ernesto, hijo, sabes que quiero hacerte una fiesta por tu graduación —me dice mi mamá muy contenta y motivada.

—Si mamá, está bien, como usted quiera.

Yo sabía que durante mucho tiempo mi madre estuvo ahorrando especialmente para el día en que me graduara. Y aun y cuando yo no estaba del todo convencido con la idea de hacer una fiesta, no tenía el valor de quitarle la ilusión de celebrar ese acontecimiento.

—Voy a planear una fiesta más o menos grande aquí en la casa. Quiero invitar a tus amistades, la familia y todos los muchachos del barrio —dice mi mamá llena de entusiasmo.

Y efectivamente así lo hizo. No preparó nada glamoroso, pero lo importante fue que mis amigos, y mi familia estuvieron ahí acompañándonos y celebrando la ocasión.

Mi mamá se encargó de cocinar suficiente comida para todos. Luego, para recibir a nuestros invitados, colocó una mesa rectangular en el centro de la estancia, la vistió con un viejo mantel y sobre ella puso viandas con diferentes tipos de platillos para acompañar el lechón asado a la criolla, que por cierto estaba ¡espectacular! También ofreció ensalada de lechuga con tomates y rábanos, yuca, tostones y, por supuesto, arroz moro. Solo de acordarme del aroma de la deliciosa comida que cocina mi mamá, se me abre el apetito.

Mi mamá fue esplendida, incluso preparó dos jarras grandes de bebidas, una de ponche de fruta y otra para hacer mojitos. También se acordó de comprar un par de botellas de ron y poner la infaltable música para alegrar el guateque. Yo fui de los primeros en cenar, quería asegurarme de probar toda la comida que mi madre cocinó con ese buenísimo sazón.

En la fiesta, entre música, comida e invitados conocí a una muchacha. La que se convertiría en el gran amor de mi vida.

***

Me encuentro charlando y tomando una copa con mis amigos, cuando en ese momento la presencia de una chica acapara mi atención. Ella está de espaldas a mí y no tiene la menor idea que la veo cuando se sirve un plato de comida. La observo detenidamente de arriba abajo. *!Oh!* Me quedo con la boca abierta. Ella viste un vestido entallado de color marrón, que combina a la perfección con su tez morena y sus zapatos de tacón. Su cabello largo, negro y ondulado cae sobre su espalda. *¡Qué cintura!* Su cuerpo curvilíneo tiene el poder de acelerar mi ritmo cardiaco. *¡Ah, definitivamente es ella una mujer muy agraciada!*

Cuando se retira de la mesa, regreso mi interés hacia la conversación que tienen mis amigos y así trato de disimular mi atracción hacia ella. La siento pasar por mi costado con su plato lleno de comida, busca un lugar donde sentarse. No me puedo contener, muevo la cabeza para contemplarla una vez más y ella a su vez se voltea; en ese momento hacemos contacto visual. Me sonríe. Mi corazón deja de palpitar por un instante y me siento gloriosamente cautivado. Correspondo a su sonrisa con un pequeño movimiento de mi mano. *¡Qué belleza de mujer!*

Y así es como conozco al amor de mi vida. En ese momento quedo prendado.

Sin titubear consigo una silla y me dirijo hacia ella:

—Hola, aquí tienes una silla.

—Gracias. —Con agrado toma asiento.

—Yo soy Ernesto.

—Hola Ernesto. ¿No te acuerdas de mí? Soy Yadira, tu vecina.

—¡Es verdad! No te reconocí, estás muy cambiada.

Es obvio que la vecina que solía ver jugando con mi hermana se ha convertido en una hermosa mujer.

—Felicidades por tu graduación —con educación dice.

—¡Oh! Gracias. Gracias a ti por venir. ¿Y tú para cuándo te gradúas?

—Falta mucho para eso. En realidad todavía no decido qué es lo que quiero estudiar.

Así conversamos parte de la tarde.

La fiesta termina, mi mamá se ve muy contenta y exhausta a la vez. El orgullo que siente no es suficiente para disimular el cansancio.

—¡Ahhhh! —suspira mi madre, se tira en un sofá de la estancia, bota los zapatos y casi en un instante cae dormida.

La cubro con una sábana, me detengo a observarla un momento y reflexiono. *Qué buena es mi mamá. Todo lo que hace por mí es increíble. No tendré vida suficiente para agradecerle.* En este instante puedo apreciar el esfuerzo. No ha sido nada fácil para ella sacar adelante a sus hijos.

Pasan varios días, yo aún me siento bastante satisfecho e ilusionado. No puedo borrar de mi mente la imagen de Yadira. A partir del día de mi fiesta no puedo dejar de pensar en ella.

Se aproxima el baile de graduación organizado por la escuela y ya que no tengo compañera, decido invitar a Yadira.

Una tarde salgo bien cambiado hacia el apartamento donde vive Yadira con su madre. Con nervios, toco a la puerta y doy un paso atrás guardando mis manos en los bolsillos del pantalón. Abre su mamá y me saluda ofreciéndome el pase.

—Hola Ernesto, ¿qué te trae por acá?

—Buenas tardes señora, busco a la Yadira. Quisiera invitarla a mi baile de graduación.

—¡Oh sí!, me dijo tu mamá que esta semana tienes tu baile. ¡Yadira!, ¿puedes venir por favor?, aquí está Ernesto.

La señora se retira en cuanto aparece Yadira.

—¡Qué tal, Ernesto! —Esa dulce voz me derrite. *¡Hasta eso me encanta de esta mujer!*

—Pasaba por aquí para ver si quisieras acompañarme a mi baile de graduación, es el viernes por la noche.

—¡Oh! gracias, me encantaría pero no puedo — me responde con timidez.

—¿Tienes otros planes?

—No es que… —titubea sin una respuesta.

—¿Es que no te interesa ir conmigo? —la confronto de una buena vez.

—No, en verdad sí me gustaría, pero… es una larga historia —se excusa con educación.

—Te invito a pasear un rato por ahí, y así me cuentas esa larga historia. —Cambio mi estrategia con la intención de averiguar por qué no me quiere acompañar al baile.

—Está bien, vamos. Espérame aquí, voy por mi bolsa y le aviso a mi mamá.

Espero no resulte esto en un fiasco, quizás esta chica trae el corazón roto. O puede estar decepcionada de alguna relación anterior. Si es así, estoy frito, no creo tener posibilidades con ella, me pongo a hacer varias conjeturas en lo que espero su regreso.

Esa tarde paseamos por el parque y charlamos de una y mil cosas. Me entero de que la chica no sufre de ninguna decepción amorosa, en realidad es una muchacha muy sencilla y alegre. El impedimento para no poder ser mi acompañante es por la falta de vestido. Lo cual es un alivio para mí, no hay nada raro o malo en la vida de Yadira. Disfruto bastante de su compañía y del paseo, siento que la tarde se nos pasa muy rápido, como agua entre los dedos.

Llegando a casa, platico con mi mamá y ella sin tener que pensar mucho, tiene la solución al problema.

—Oh, no te apures tú por eso, hijo. Yo puedo modificar un vestido de tu hermana para que le quede muy bien. Solo mándale avisar para que venga y así le tomo sus medidas.

—¿En serio?

—Sí claro. Es sencillo, en un día se lo arreglo.

El día del baile llega. Para dar comienzo, pasan todos los graduandos al centro del salón, conforme son nombrados, seguidos de los aplausos y algarabía de los invitados. Cada uno de ellos lleva del brazo a su dama. La mayoría va acompañada de la novia; pero en algunos otros casos, la acompañante es una prima o algún familiar.

Una vez que estamos todos en el centro del salón, comienza la música. Mi dama me toma del brazo y procedemos a bailar el vals. Una típica canción para dar inicio a la fiesta.

Pareciera que Yadira y yo estamos solos en el mundo, me pierdo en ese mágico momento. Mis sentidos se agudizan, puedo percibir su delicado olor y la suavidad de su piel.

Yadira se ve como una Diosa. Con un simple maquillaje y su pelo sujetado, ella lleva puesto el vestido que mi madre le arregló. Le queda a la perfección. Es un vestido color rosa viejo, con hombros descubiertos y cuello alto. No tiene escote alguno, solamente logro apreciar a través del encaje un poco de su piel. El vestido es entallado de arriba, haciéndola lucir incluso más sensual de lo que naturalmente es. Ya que Yadira es más alta que mi hermana, mi mamá, siempre tan inteligente, cortó el vestido a la mitad y agregó un retazo de tela de seda del mismo color, logrando así acentuar su cintura. La falda del vestido está formada por varias capas de organza que caen con elegancia hasta el suelo.

Esa noche bailamos, conversamos y disfrutamos al máximo con los amigos. La pasamos espectacular.

Poco tiempo después, me hago novio de Yadira. La verdad, me vuelvo loco, me enamoro profundamente de ella.

Mi vida transcurre con normalidad, yo continúo trabajando con mi padre y paseando con mi novia. Durante una tranquila caminata por la Plaza de la Catedral, Yadira me sorprende:

—Necesito hablar contigo, Ernesto. Quiero proponerte algo. —Me toma de la mano invitándome a sentarme en una banca del lugar, al lado de ella.

—Oh, pero qué seriedad, qué es eso que tienes que proponerme. —Jugueteando le respondo mientras admiro la hermosa vista de la Catedral de la Virgen María de la Concepción Inmaculada, nombre completo de la majestuosa iglesia.

—Es en serio, Ernesto.

—Está bien, ¿qué es lo que pasa? —Regreso a la plática presintiendo que es algo importante lo que tiene que decirme.

—Me gustaría que pudiéramos convivir más tiempo, tú sabes…

—¿Cómo?, ¿quieres que nos veamos más seguido? —atónito la interrumpo y continúo hablando—: Si no hago otra cosa más que trabajar y verte a ti, ya casi ni voy a visitar a mi abuela.

—No es eso. A lo que me refiero es a que me gustaría que viviéramos juntos —sin más titubeos me dice.

Me quedo sin palabras por un momento. Necesito unos segundos para procesar lo que estoy escuchando.

—Yadira, tú sabes que yo te amo, pero no estoy listo para eso.

—¿Cómo que no estás listo? ¿No me quieres lo suficiente como para vivir conmigo? —me cuestiona con lágrimas a punto de aflorar en sus ojos.

—Yo te adoro, ¡mucho más de lo que tú te imaginas! ¡Te quiero, no solo para eso que me pides, sino para más! El inconveniente que tengo es que el dinero que yo gano es muy poco. Todavía no tengo mucho que ofrecerte. Estoy trabajando duro para eso, para brindarte algo digno. En estos momentos no cuento con un lugar para llevarte a vivir conmigo. La casa de mi padre no es una buena opción. ¿Me entiendes? —La tomo de las manos y le explico con sinceridad mientras las lágrimas de ella corren por sus mejillas.

—Yo ya hablé con mi mamá sobre este tema y ella no tiene inconveniente de que vivamos en el departamento de ella. Ernesto, mi mamá en verdad te quiere y te acepta. Incluso me dijo que nos podía apoyar económicamente en lo que tú te estabilizas. Al fin de cuentas, somos solo ella y yo. —Me explica limpiándose con las manos la humedad de su cara.

***

En más de una ocasión ya había pasado por mi mente la idea de independizarme. Así que, aunado a la conversación que tuve con Yadira, me decidí a tomar ese paso sin pensar en lo jóvenes que estábamos o en la inestabilidad económica que tenía, yo estaba enamorado locamente de Yadira, para mí eso era lo único que contaba.

Además, en la casa de mi padre había un buen ingreso. O podría afirmar desde mi punto de vista que había bastante dinero. Sin embargo, lo que me rozaba a mí era mínimo.

Tenemos mucho trabajo en la casa y también se ve el dinero caminando, pero yo sigo sin futuro aquí, reflexionaba. *Además, antes de vivir con mi padre, ambos habíamos llegado al acuerdo de que yo solo viviría es su casa hasta terminar la escuela.* Entonces, completamente decidido, busqué el momento adecuado para hablar con mi papá.

***

Un sábado por la tarde, se encuentra mi padre tomando café en el patio de la casa.

—Papá, necesito hablar contigo.

Mi padre lentamente pone la taza del café sobre la mesa, frunce el ceño y en seguida me presta atención. Creo que por el tono de mi voz sabe que le diré algo serio.

—Te escucho —me responde y se reacomoda en la silla cruzando los brazos.

—Sabes que quiero decirte que hasta aquí llegué con el negocio.

—¿Y eso? —responde y después da un sorbo al café.

—Yo me quiero independizar, tú sabes… tengo una novia y me voy a vivir con ella.

—¿Y? —contesta mi padre con un tono burlón.

—Pues, yo necesito que me des algo de dinero para hacer mi propia vida. Quiero emprender mi propio negocio.

—¡No! Yo no te voy a dar dinero. Si te vas, te marcharás sin nada —me responde con un tono fuerte y contundente.

***

Sentí como si un balde de agua fría cayera sobre mí. No esperaba esa respuesta de mi padre. La relación que tenía con mi padre en ese entonces era diferente, tenía la esperanza de contar con su apoyo. Yo en verdad no quería tanto dinero. Solo algo para empezar mi propia vida. Además, yo creía que por todo el sacrificio, el trabajo y las mejoras que hice en el negocio, sí me merecía algo. ¡Qué iluso fui!

Con el orgullo lastimado, estaba más decidido que nunca a irme de ahí. Le respondí con toda serenidad, para evitar discutir con él:

—Bien, muy bien, yo de todas formas me voy a ir.

Cuando me vio virar la espalda, él se convenció de que sin importar lo que él me dijera para tratar de retenerme yo me iba a largar de ahí. Así que me llamó y me dijo:

—Espera, ven aquí, ¿de verdad que te vas a ir?

—Sí, yo me voy a ir, yo tengo dos brazos y puedo luchar, voy a salir adelante —con mucha seguridad le respondí.

Mi padre, con otro semblante en la cara, me pidió que lo esperara un rato. Se dirigió al interior de la casa. De regreso, aun caminando para acercarse a mí, extiende su brazo y lo veo ofreciéndome el dinero que lleva en la mano. Lo tomé, le di las gracias, y sin decir más nada, me retiré a mi cuarto para recoger mi ropa.

Cuando conté el dinero, pensé en regresar a reclamarle, pero me contuve. *Pero si esto no es suficiente dinero, ¿qué puedo hacer?* Profundamente decepcionado y humillado dejé la casa de mi padre.

En realidad aquello que él me dio no era dinero en aquel tiempo en Cuba, lo único que pude comprar con esa cantidad fue un refresco de cola que compartí con mi adorada Yadira.

***

En Cuba la educación es gratuita, es un sistema en el que no te cobran ni un centavo mientras estás estudiando. El Gobierno es el que tiene que absorber el costo, pero eso lo hace hasta el momento en que terminas tu carrera. Existe una especie de contrato, se llama *certificate,* que tienes que cumplir después de graduarte, mediante el cual te toca trabajar por cierto tiempo. En mi caso, tenía que trabajar por lo menos tres años para poder pagar el costo de mis estudios.

Entonces el Gobierno me puso a trabajar como maestro de educación física en una escuela de la zona donde vivía mi mamá, en la parte norte de la ciudad, también era la misma zona donde yo vivía con Yadira.

Lo que el Gobierno me pagaba no era suficiente para vivir. En aquel tiempo, en el año de mil novecientos noventa y tres yo ganaba dos dólares y diez centavos por quincena. El dinero que el Gobierno me pagaba no me alcanzaba literalmente ¡para nada! Ni un refresco de cola me podía yo comprar con eso.

Lo que hice fue intentar negocitos como el de limpiar zapatos, o me iba en la bicicleta a las afueras de la ciudad en busca de vegetales para regresar y venderlos. Más o menos era de todo un poco lo que yo hacía para ganarme la vida.

El sueldo tan bajo era lo que no me dejaba estar feliz en mi trabajo. El trabajito en sí, más o menos me gustaba, aun y cuando no todo el tiempo fue así. Como yo no tenía práctica docente, al principio fue muy duro. Recuerdo que el primer día de clases me tocó lidiar con un grupo de tercer grado bastante difícil. Ese día fue un desorden tremendo. En total me asignaron ocho grupos, cuatro de tercer grado y cuatro de cuarto grado. Cada grupo con treinta y cinco estudiantes.

Después de la experiencia tan mala de mi primer día, con ingenuidad fui a la dirección a renunciar. Le expliqué a la directora que me había equivocado de profesión, que ¡aquellos niños eran terribles! Yo, sin práctica docente y sin saber realmente cómo podía manejar la situación con los alumnos, me estaba dando por vencido. Ese día, al no escuchar la respuesta que quería por parte de la directora, completamente frustrado me regresé bien bravo a la casa.

Como a los dos o tres días me hicieron regresar porque yo tenía un compromiso con la Revolución. Me habían dado educación, así que ahora era mi turno de cumplirles a ellos. Si tú no lo haces, es como si hubieses estudiado todo ese tiempo por gusto, porque el título lo anulan y de igual forma te siguen presionando a que pagues. Es una deuda con el Gobierno que debes de cumplir. Entonces, forzado, regresé. Esta vez, pedí sugerencias a otros maestros para aprender a manejar la situación con los niños. Gracias a la ayuda de mis compañeros, y a la paciencia infinita que saqué no sé de dónde, la experiencia fue un poco mejor y a partir de ahí me empezó a gustar ese trabajito.

El horario de la escuela era de las ocho de la mañana hasta las cuatro y veinte. Ahí en la escuela nos daban merienda a las nueve y también ofrecían almuerzo a las doce del mediodía; para las tres de la tarde daban una colación.

Antes, el sistema en Cuba estaba bien pero paulatinamente se fue arruinando el país. Los estragos ocasionados por el colapso de la Unión Soviética se hicieron cada vez más presentes. Se extendió el embargo comercial, económico y financiero de los Estados Unidos, por lo que la economía empezó a empeorar cada vez más. El Gobierno implementó un programa para racionar aún más la comida. En el trabajo empezaron a reducir costos también. Entonces, al inicio del llamado periodo especial, la escuela más o menos nos alimentaba pero ya al final no nos daban comida ahí, nos teníamos que traer la fiambrera de la casa, el problema era que en nuestro hogar tampoco teníamos alimento.

Capítulo Diez

El periodo especial

Ya vivía con Yadira. Su madre, Jacinta, mi suegra, se dedicaba a cortar pelo, hacía pelo de hombre, de mujer, pintaba, de todo un poco, era muy buena estilista. Prácticamente ella era la pieza clave para mantenernos. Todo el dinero que yo ganaba se lo daba directamente a mi suegra, pero no era suficiente.

***

Un día llego del trabajo. Fue como cualquier otro día normal de trabajo, excepto que no he comido en todo el día —lo cual es cada vez más frecuente—. *¡Me siento cansado y tengo un hambre feroz! Y no hay nada que comer en la casa, absolutamente nada.* Me entero cuando Jacinta dice:

—Hoy no tengo nada para prepararles de comer, no sé qué vamos a hacer, no hay nada, está muy malo todo. —La escucho con paciencia y ella continúa hablando atropelladamente.

—Tengo setecientos pesos aquí. ¡Pesos cubanos que no sirven de nada! Ya he recorrido todo el barrio y no encuentro nada para comer.

—Pero bueno, ¿que con setecientos pesos no encontraste nada para comer? —la cuestiono con incredulidad.

—Créelo, ¡en verdad que no hay nada!

—Dámelo acá, que con ese dinero yo voy en la bicicleta a traer comida.

Salgo apurado del apartamento sin creer las palabras de mi suegra y pensando que Yadira volvería pronto a la casa, con seguridad ella iba a regresar de la escuela con bastante hambre también. Yo me recorro toda esa ciudad, lo que era La Habana. Llego a todos los puntos que tengo identificados para comprar comida, no consigo nada. Entonces tomo la bicicleta y me voy a Cojímar —el pueblecito de al lado donde yo me crie— y ahí visito sin éxito todos los lugares donde yo pienso que puedo encontrar algo para comer. Entonces, me voy a otro pueblecito y también fracaso en mi búsqueda. ¡Tampoco consigo nada en la bahía! Es una dura realidad, no hay comida. *¡No puedo creer que esto esté sucediendo!*

Sin más opciones, regreso a la casa exhausto, hambriento, lleno de vergüenza y cabizbajo. Como dicen por ahí, con el rabito entre las patas, como el perrito.

Cuando entro a la casa, no quiero ni mirar a Jacinta. Solo coloco el dinero intacto sobre la mesa. Pero mi suegra con dulzura me dice:

—Ernesto, conseguí un pedazo de col, la cocí en agua, eso podemos "cenar" hoy y ya mañana inventaremos qué hacer.

***

Esa sopa, si se le puede llamar así, porque no tenía ni sal, ni aceite ¡nada! Esa col hervida en agua, fue el platillo que Jacinta esa noche puso en la mesa. Era más que evidente la depresión económica por la que pasaba el país como resultado de la disolución de la Unión Soviética y del recrudecimiento del embargo norteamericano. El Gobierno tenía que compensar de alguna forma la pérdida de los subsidios que recibía por parte de la Unión de Repúblicas Socialistas Soviéticas. Castro nos pidió paciencia y demandó que trabajáramos más duro que nunca. El transporte público fue reemplazado por bicicletas y carretas jaladas por mulas, el consumo de energía se minimizó, incluso en la televisión trasmitían programas donde mostraban a la población cómo fabricar sus propias sandalias con hojas secas de plátano. La pasta de dientes, jabón y papel de baño se convirtieron en artículos de lujo. Estábamos viviendo, o para decirlo con mayor exactitud, estábamos sufriendo el llamado "periodo especial".

Empezamos a comer los tres en silencio. No había mucho que decir, quizá no teníamos energía para quejarnos de la situación. Cada cucharada que tomaba, era un golpe para el alma. Qué noche tan triste, se respiraba desconsuelo y desesperanza en nuestro hogar.

La falta de alimentos era cada vez mayor, pero esa noche fue la primera vez que yo me iba a la cama prácticamente sin comer.

Después de cenar, busqué un lugar para estar a solas antes de irme a dormir. Me encerré en mi habitación y lloré en silencio como un niño chiquito. Tenía mucha hambre. La rabia y la impotencia que sentía eran descomunales.

No es justo, yo quiero trabajar, luchar y prosperar y... simplemente el sistema, el Gobierno, no me lo permite. Ni a mí ni a nadie. (Cientos de familias pasaban por la misma situación).

Yadira, con mucha prudencia, entró en silencio a la habitación y se recostó en mi pecho. La acaricié sin decir palabra alguna. Me encontraba lleno de ilusiones destrozadas.

Si no logro traer un plato de comida digno a la mesa, mucho menos merezco pedirte matrimonio. ¿Qué te puedo yo ofrecer si tengo mis brazos amarrados?, le decía a mi amada en mis pensamientos. Sin poder evitarlo, mis ojos empezaron a derramar lágrimas una vez más.

Esa noche experimenté una serie de sentimientos, me sentía profundamente triste, decepcionado, frustrado y enojado. Al borde de la desesperación declaré: *A partir de hoy me propongo firmemente irme de este país. No sé cómo ni cuánto tiempo me va a tomar, pero me voy, no puedo seguir sometido por este maldito Gobierno. Tengo que ponerle fin a esta utopía, eso es lo que es este estúpido modelo socialista. ¡Lo haré por mí y mi familia!*

Capítulo Once

El plan

El país se estaba desmoronando. Se puso todo tan feo y difícil que pude conservar mi trabajo de maestro ocho meses solamente, luego me vi forzado a buscar otro quehacer, no tenía otra alternativa. Fui muy afortunado porque al poco tiempo encontré un trabajo de guardia de seguridad custodiando la zona turística. (En Cuba la gente trata de buscar el turismo ya que es lo que más dinero da para poder sobrevivir). Al cambiar de ocupación, automáticamente me anularon mi título de educación física. Era como haber tomado ese diploma, hacerlo bulto y tirarlo a la basura.

En el trabajo de custodio bregaba setenta y dos horas y descansaba treinta y seis. Para mi mala fortuna, solamente pude laborar cuatro meses aproximadamente. Tiempo en el que más o menos pude buscarme la vida. Me pagaban algo en dólares y me daban otra parte de dinero en pesos cubanos. También tuve la oportunidad de comprar algo de comida (cuando había), y aunque no era suficiente, al menos era algo que podía llevar a la casa. (La meta primordial que tienen los cubanos es la de supervivencia). Básicamente, lo que más le preocupa a una persona en Cuba es cómo alimentarse diariamente y el vestir;

manejar un carro... imposible. Yo, sinceramente nunca imaginé poder tener un automóvil propio.

Ahí, en ese puesto de custodio, bajó también la cantidad de trabajo y luego cerraron el negocio, ya no tenía nada más que hacer. Empecé a correr para aquí y para allá, y a valerme de amistades para buscar cómo sobrevivir y cómo salir de Cuba. Incluso me tragué el orgullo y a mi papá fui yo a buscar. Quería ver si podría incorporarme de nuevo al negocio de las velas. Sin embargo, ya que en ese momento era todo muy escaso, el acceso que teníamos a la materia prima había desaparecido. ¿A quién quería engañar yo? Viendo las cosas más claramente, por más que quisiera trabajar y ganar dinero, la comida no se encontraba fácilmente. Cada día la racionaban más.

Mi idea de irme del país seguía bien firme. Entonces, por esos azares del destino, conocí a un muchacho que aparentemente también estaba loco por salir de Cuba. Impacientes, conseguimos por ahí algunas cámaras de llanta de tractor. Pensamos que como esos tubos de aire eran bien grandes, podríamos usarlos para armar una balsa y huir.

Preparamos nuestro plan de escape y en un par de semanas construimos esa balsa. Pero al acercarse la hora de la verdad, mi socio tuvo miedo. En realidad no tenía el valor suficiente para aventarse al mar. Un día me decía que sí quería irse pero luego al otro día cambiaba de opinión y me decía que ya no. Al darme cuenta de que no iba a logar mi objetivo al lado de ese muchacho, yo desistí del plan que tenía con él. Era perfectamente normal el miedo que tenía, pero yo no toleraba el hecho de que no estaba seguro de lo que quería. Solo estaba malgastando mis energías y haciéndome perder el tiempo.

Entonces me dediqué a buscar a algún otro con quien aliarme. No había mucha dificultad en localizar a alguien que tuviera el deseo de escapar. Había muchas personas que querían salir de Cuba. Mi problema era el encontrar personas de confianza. Afortunadamente, en mi búsqueda me topé con otros muchachos de Cojímar cercanos a la familia. Eran tres buenos amigos de crianza que tenían el mismo objetivo que yo.

Una vez más, me puse a armar otro plan. La balsa construida con cámaras de tractor ya no sería lo suficientemente fuerte para transportar más hombres. En esa ocasión construimos otro tipo de artefacto con hule-espuma. Esos tres amigos también empezaron a desanimarse, me decían hoy que sí, otro día que no, que mañana, que nos falta esto, que si nos falta lo otro, etcétera. Siempre era una historia diferente. Mi ansiedad aumentaba día con día hasta que logré convencer a todos y por fin fijamos una fecha.

***

Llegamos de noche a la bahía, ya estaba decidido que nos tiraríamos al agua como a las once.

A pesar del gran anhelo que tengo de escapar de ese lugar, hay algo que me hace sentir intranquilo, es como un mal presentimiento. Siento la necesidad de ir con un familiar mío a despedirme.

Cuando les comunico a mis compañeros que necesito hacer algo antes de lanzarnos al mar, se quedan completamente confundidos. Yo soy el principal interesado, ¿qué está pasando? Voy en búsqueda de mi padre.

—Papá, vengo a despedirme, me tiro al agua —le comunico con atropello.

—¿Pero qué cosa dices, chico? —Lo toma por sorpresa mi presencia.

—Como escuchas, vine solamente a despedirme, no quiero desparecer del mapa sin antes comunicarle a alguien de la familia que me voy de Cuba.

—¿Cómo? —genuinamente atónito me contesta.

—Así como lo escuchas, no le he contado a nadie de la familia, tú eres el primero —le revelo mi secreto.

—Pero… ¿Cuándo es que tú quieres hacer eso?

—¡Ya! En este momento regreso a la bahía —le comunico exaltado.

—Espera hijo, que voy contigo. —Se pone sus zapatos y salimos de su casa apresurados.

Regreso con mi padre a la bahía y aún estaban ahí mis amigos. Desconcertado, uno de ellos me pregunta:

—¿Qué pasa Ernesto? ¿Por qué viene tu papá contigo?

—Shhh… —Levanto la mano para evitar ser cuestionado.

Mi padre se acerca a lo que será nuestro medio de transporte, da vueltas alrededor del artefacto y observa detenidamente aquello.

—No, Ernesto, mira que esto es muy peligroso —me dice verdaderamente consternado y preocupado.

—Yo ya lo decidí, ya tenemos el plan y nos vamos a ir ¡Es un hecho! —con determinación le contesto.

—¡Tú estás loco Ernesto!, ¿no ves que eso no es seguro? —Con ambas piernas bien plantadas en la arena apuntando al artefacto me insiste desesperado. Su semblante se llena de preocupación.

Mis amigos únicamente voltean de un lado al otro sin intervenir.

—Papá, ya hemos invertido mucho tiempo y esfuerzo en este plan. Además, no te estoy pidiendo permiso —irritado continúo con la discusión.

—No se trata de que yo te otorgue un permiso. Tienes que entender que eso en lo que planean irse está mal construido. Si se lanzan al mar sería como suicidarse. ¡Van a perder la vida!

—Ernesto, quizás tu padre tiene razón —interrumpe uno de mis amigos.

—Pues yo prefiero perder la vida. Para vivir así como lo hacemos en este país… ¡no vale la pena estar vivo! —al decir esto la tristeza me invade pero sigo firme en mi decisión. No quería dar mi brazo a torcer. El resentimiento que tenía para con mi padre no me ayudaba a entender razones.

Ya sin mucha munición, mi padre se encoge de hombros y con voz baja usa su último argumento:

—Te lo pido por favor, no lo hagas por mí, sino por el amor que le tienes a tu madre, y a Yadira. No cometas este error. Mira hijo, espera un poco, déjame ver... de hecho yo también me quiero ir del país. Mejor dame la oportunidad de ver qué puedo hacer y así lo planeamos más seguro.

—Vamos Ernesto, hay que esperar y hacerlo como tu padre sugiere —me insisten mis amigos.

Desarmado, accedo a su petición. Salimos con suerte de ese lugar, afortunadamente nadie nos pilla.

***

Ahí, en ese instante, el resentimiento y rencor que yo tenía para con mi padre empezó a desaparecer. Era la primera vez que sentía un verdadero apoyo por parte de él. La preocupación era innegable; después de todo, él era mi padre.

Esa situación se convirtió en una oportunidad que me dio la vida para reconstruir esa relación desquebrajada que tenía con mi padre.

Mi padre cumplió su palabra. Juntos comenzamos a planear la partida y esta vez con su ayuda sería un escape más seguro.

Mi padre tenía ahorrado parte de las ganancias que había sacado del negocio de las velas. Generosamente me ofreció aportar el dinero para construir una nueva embarcación. Nos dimos a la tarea de recorrer talleres, fábricas y otros tipos de lugares para conseguir los materiales necesarios. En uno de esos sitios encontramos un techo de una *van*. Al verlo supimos que con un poco de ingenio lo podríamos convertir en bote. Consideramos que el tamaño era adecuado, así como el material de fibra de vidrio.

Ya contábamos con la parte principal de la embarcación, pero eso no era todo, la realidad fue que aquel era solo el principio ya que había muchas más cosas que teníamos que considerar. La primera sería encontrar un lugar donde trabajar. La cuestión no era solamente hallar un lugar, sino que fuera bien amplio, ya que el artefacto era grande; además, tendría que ser un local donde pudiéramos trabajar con discreción. El solo hecho de planear o intentar escapar del país, era ya un delito. Debíamos tener mucho cuidado a quien le confiábamos nuestro plan —a veces las personas con el afán de protegerlo a uno, lo que hacen es perjudicar. No se podía confiar absolutamente en nadie, ni siquiera en la madre de uno.

Acordamos no informar a las mujeres. No íbamos a llevarlas. Por ningún motivo arriesgaríamos sus vidas. Por lo tanto yo nunca le dije nada a mi madre, a mi novia, ni a la suegra mía. No fue nada fácil. Cada vez que salía había que inventar historias para justificar las horas de ausencia.

Nos pasamos cerca de seis o siete meses construyendo esa embarcación. Tomó bastante tiempo porque era poco el dinero con el que contábamos. Aun y cuando mi padre había aportado parte del costo de la nave, él había planeado dejarles algo de dinero a su esposa y a mi hermana, cosa que no le discutí. Por lo tanto, casi todo el dinero que yo ganaba se lo invertía al bote. Pero aun así, no era suficiente, por lo que conseguimos que se unieran al proyecto cinco hombres más, su aportación fue con dinero.

No vi nunca más a los otros muchachos, con los que planeé la salida anteriormente; ellos nunca más aparecieron, y yo no supe qué pasó con ellos... es probable que ellos sigan en Cuba todavía, nunca llegaron a entusiasmarse del todo por dejar el país, en cambio yo sí estaba bien decidido.

Gracias a todo el tiempo que anteriormente pasé en el agua, siempre rodeado de los barcos, aprendí a trabajar la resina. Yo la usaba para reparar los kayaks. Sabía trabajar todo eso muy bien, entonces me convertí en pieza clave para armar la nueva embarcación.

Trabajaba arduamente en un patio de un amigo de mi padre. Estaba bien escondido. Los vecinos de al lado ni siquiera se enteraban de que algo construíamos. Ahí no se podía hacer ruido. Si se levantaba cualquier sospecha y por algún motivo alguien quisiera denunciarte ¡ya!, hasta ahí llegabas, te podrían llevar preso; y si eso sucedía, simplemente ya no eras una persona más en Cuba. Quizás era mejor que te suicidaras a estar en manos del Gobierno. Ellos ya no te iban a soltar nunca más.

Finalmente, después de meses de trabajo, y reunido con los otros chicos, mi padre nos dice:

—Hemos terminado. Ahora sí podemos lanzarnos al agua.

Esa embarcación en verdad que sí quedó muy buena, y bien segura, tanto mi padre como yo lo sabíamos.

—Sí, así es, esta embarcación no es cualquier cosa, tenemos todo. —Confirmaba las palabras de mi padre mirando muy satisfecho el producto de nuestro esfuerzo. Lo fabricamos tan bien que incluso le instalamos un motor de combustible, de hélice, teníamos vela, remos y timón. Ese bote seria nuestro trampolín hacia una vida mejor, hacia una vida con libertad.

Un detalle importante se nos pasaba.

—¡Nos falta una brújula, Ernesto! —mi padre dice.

—Necesitamos conseguir una —uno de los muchachos afirma.

En el momento en que escucho la palabra "conseguir" me doy cuenta de que ya no hay dinero.

—De alguna manera la conseguiremos, ya estamos tan avanzados con nuestro plan, de hecho casi listos, que una brújula no detendrá nuestros planes —los animo más seguro que nunca.

Capítulo Doce
Situación política del país

Aparecieron dos muchachos con una brújula muy buena.

—Qué hay Ernesto, ¿que andan buscando una brújula? —Uno de ellos se aproxima y muy alegre extiende el brazo para saludarme.

—¡Oh! Sí. Sí, necesitamos una brújula. —Me dirijo al muchacho tomándole la mano para recibir el saludo.

—Aquí traemos una. Si la quieres, te la vendemos en doscientos dólares.

—¡No, qué va! Eso que quieres tú es demasiado dinero, nosotros ya no tenemos ni un peso, ya invertimos todo lo que teníamos para…

Me interrumpe el muchacho, agachando la cabeza y cambiando por completo el tono de su voz me hace otra propuesta:

—En realidad, mira... que... nosotros tenemos la brújula, nosotros podemos poner la brújula para la embarcación, pero si nos dejan montarnos con ustedes. —Me mira a los ojos, levantando las cejas un tanto apenado.

—Ahora entiendo de qué se trata este acercamiento.

Sucedía que hacía poco el Gobierno de Cuba había abierto las fronteras para todo aquel que quisiera salir del país. Esto se originó debido al problema político que surgió entre Cuba y los Estados Unidos. Aun y cuando los desacuerdos entre ambos países siempre han existido, en aquel tiempo se acentuaron incluso más. Estaba tan mal la situación económica de Cuba, que la gente salía ilegalmente cada vez más del país. Eran más y más los que se lanzaban al mar. Algunos de ellos no tenían la fortuna de llegar a La Florida; pero los que sí, eran rescatados por los guardacostas americanos.

En esa década de los noventas nace en los Estados Unidos una organización de ayuda humanitaria llamada Hermanos al Rescate, formada principalmente por un escuadrón aéreo, cubanos exiliados y gente de otras nacionalidades. Personas de varias partes del mundo, no solo cubanos pero argentinos, peruanos, etcétera. Todos ellos se unieron y se dieron a la tarea de rescatar a los balseros.

El desastre humano que era aquello se empezó a divulgar por la radio y en la televisión del mundo. Uno de cada cuatro cubanos llegaba vivo a territorio americano, era imposible no poner atención a tanto infortunio.

Las noticias se difundían cada vez más rápido. El Gobierno cubano se veía bastante presionado. La tensión entre ambos países aumentaba.

Cuba acusó de terroristas a Hermanos al Rescate, cuando la armada aérea cubana derribó dos de los aviones Cessna que piloteaban sobre el mar en busca de gente necesitada y asesinó a cuatro americanos. El presidente de Estados Unidos en esa época, Bill Clinton, apareció en televisión consternado y exigiendo una respuesta al Gobierno de Cuba.

¿Y qué de los cientos de cubanos que dejaban la vida en el mar?, yo me preguntaba. *¿Podría afirmar que también fueron asesinados por el Gobierno de Cuba?*

Me daba la impresión de que el Gobierno cubano se sentía ridiculizado, acorralado y obviamente muy molesto. A raíz de todos esos eventos, el Gobierno decidió abrir las puertas de Cuba para todo aquel que quisiera emigrar. El que pretendía salir de Cuba se podía lanzar al mar. De esta forma, así creo yo, las autoridades cubanas pretendieron darle una lección al Gobierno americano y de paso a la organización Hermanos al Rescate.

Por otro lado, en mi opinión, creo que también pudo ser una estrategia que usó el Gobierno cubano para obtener ingresos. Las principales fuentes económicas que tenía Cuba eran el tabaco, el azúcar y el turismo. Con la crisis económica por la que atravesaba el país, los recursos escaseaban, la producción de azúcar y tabaco eran mínimas, y ni hablar del turismo. Cuba se encontraba sumergida en una pobreza total.

Quizás esa estrategia le funcionó bien al Gobierno cubano. Hoy en día creo que gran cantidad de cubanos deben de vivir en un ochenta por ciento de las remesas de la gente que tiene parientes afuera de la isla, de las personas que ayudan a sus familias.

Ya que nosotros queríamos salir del país lo antes posible y no queríamos correr el riesgo de que el Gobierno cambiara las reglas, aceptamos el trato de la brújula.

Al final, ya éramos nueve las personas que saldríamos montados en el artefacto.

Capítulo Trece

El viaje a la libertad

Ya despierto, aún en la cama, observo cómo Yadira duerme plácidamente a mi lado. Me acerco a su cara pretendiendo robarle un poco de su aliento. Quiero memorizar cada detalle de su rostro. Comienzo por sus cejas pobladas perfectamente delineadas, su nariz recta y respingada, y esos labios anchos de color rosado que me atraen como un imán. Le doy un beso y ella entre sueños me corresponde con sus ojos entreabiertos, pero en un instante cae dormida nuevamente. Acaricio sus mejillas naturalmente ruborizadas por el calor de la noche y su melena despeinada.

—Ernesto, ¿qué haces? Duerme, que necesitas descansar. —Dormitando con sus ojos aun cerrados me regala una sonrisa.

—Sí, Yadira. Solo quería decirte que te amo —respondo abrazándola con delicadeza. *¡Oh! cómo amo a esta mujer.*

—Yo también te quiero —me responde suavemente, esta vez es ella la que me obsequia un beso y enseguida se acomoda para continuar durmiendo, sin imaginar que por la mañana ya no estaré yo ahí.

Me levanto silenciosamente, me dirijo a la cocina para poner una pequeña nota en la mesa.

"*Querida Yadira, tú bien sabes que cada día la vida aquí es más dura. Con un vacío muy grande me he marchado de Cuba buscando un futuro mejor, me lanzo al mar en búsqueda de la libertad, perdóname por esta pena que te causo. Sería muy injusto de mi parte pedirte que me esperes. Pero por favor no olvides que te amo. Firma Ernesto*".

Un cuatro de septiembre de mil novecientos noventa y cuatro, a mis veintitrés años, salgo de la casa con el corazón destrozado. El dolor sin embargo no me ciega a mi meta, estoy totalmente decidido. Son las dos de la mañana, me dirijo al lugar donde acordé encontrarme con el resto de los muchachos. Mi padre está con ellos.

***

La noche anterior ya habíamos hecho arreglos para alquilar un camión lo suficientemente grande para trasladar el artefacto a Guanaba, una playa localizada al este de La Habana, lugar que sería nuestro punto de partida.

Gracias a la autorización que otorgó el Gobierno cubano para salir del país, pudimos cargar con toda libertad aquel navío. Estaba tan pesado que necesitamos conseguir la ayuda de veinticinco o treinta hombres para poder levantar aquello. No contábamos con grúa, no había nada de eso. Nos dieron las cinco de la mañana pero nuestra embarcación ya estaba en el agua. La luna iluminaba con esplendor la playa.

***

No estamos solos, hay cientos de botes listos para partir. Veo mucha gente congregada en la orilla de la playa. Gente despidiéndose, dándose abrazos y bendiciones. Se escucha el llanto de las mujeres, hermanas, madres y esposas desconsoladas. A pesar del hermoso amanecer que presenciamos durante esta aurora de verano boreal, se respira un ambiente de tristeza y nerviosismo. Yo siento una gran tensión. Trato de desviar mi atención y me enfoco en los víveres, reviso que todo esté como debe de ser. En eso escucho esa voz desquebrajada:

—Hijo.

Viro para encontrar la silueta de mi madre. Me quedo atónito. *¡Ella está aquí!* Veo su cara desencajada, con lágrimas en los ojos y alzando sus brazos corre hacia mí.

—¡Ay, hijo, hijito mío! —Me abraza con todas sus fuerzas.

—¿Mamá, pero qué hace usted aquí? —Desconcertado volteo de reojo y miro a mi papá, acusándolo con la mirada.

—Tuve que hacerlo. —Alzando los hombros mi padre se justifica.

—Se suponía que usted no debía de saber nada. Yo le iba a mandar un mensaje con la hermana de un compañero.

—Gracias a Dios estoy aquí para darte mi bendición y despedirnos. No vengo a reclamarte, las cosas son como tienen que ser. Por favor ten mucho cuidado —me dice temblorosa tomándome de los brazos.

—Si mamá, no se preocupe, usted verá que todo va a salir bien, con el favor de Dios. —Trato de tranquilizarla, sabiendo que no tenía la certeza de que en verdad saldríamos con vida de esa odisea.

—Dios te acompaña y cuando llegues a tu destino, no olvides que tienes a tu madre aquí en Cuba. Te amo hijo. —El desconsuelo la invade.

—Yo también. Pero no se desanime, va a ver que cuando menos piense va a recibir noticias mías. Voy a salir adelante, se lo aseguro.

En el momento en que me da un fuerte abrazo y me besa, siento un nudo en la garganta, me quiero desmoronar, pero me sostengo. No puedo mostrarle señas de debilidad.

Espero a que todos mis compañeros estén instalados en el bote para al final montarme yo. Mientras nos alejamos de la orilla, escucho a lo lejos el grito de mi madre:

—¡Ernestico! ¡Cuídate!

No volteo hacia atrás. No quiero llevarme esa imagen devastada de mi madre.

El bote avanza lentamente, parece que la luz de la luna fuera abrazada por los rayos del sol, el bullicio de la playa empieza a mermar, poco a poco nos encontramos casi en silencio, solamente el ruido del bote y del mismo mar se puede escuchar. Una vez que estoy sereno me encomiendo a Dios.

Dios mío, pongo mi vida en tus manos. Si por tu voluntad llego a los Estados Unidos, guía mis pasos para honestamente alcanzar una vida digna. Pero si no es tu voluntad, para atrás no permitas que regrese vivo. Te lo suplico Dios mío.

***

Habíamos estado costeando cerca de Cuba como por cuatro o quizás cinco horas. Aquello me empezó a traer preocupación, porque yo había escuchado historias de amigos que salían del país y enseguida se despedían del horizonte. Nosotros tanto tiempo en el agua y nada. Entonces fue que caí en la cuenta de lo que pasaba. La brújula estaba mal situada. No fue sino hasta pasadas las diez de la mañana que logramos ubicar bien el compás.

Corrimos con suerte porque en realidad no nos fuimos en mala dirección. Ese error hizo que nos dirigiéramos hacia el este de Cuba, lo cual ayudó a colocarnos más cerca de una línea recta con el punto más cercano que había para los Estados Unidos. Eran alrededor de ciento cuarenta y cinco kilómetros de distancia. Finalmente comenzamos a navegar hacia el norte.

Seguimos la nueva trayectoria, y en cuestión de una hora cuarenta minutos perdimos de vista el litoral.

***

Los muchachos charlan seriamente mientras que yo, envuelto en mis pensamientos, pienso en reclamarle a mi padre, pero me detengo.

No vale la pena confrontarlo. Pesa más la bendición que me llevo de mi madre que el ego lastimado por mi padre, reflexiono, sintiendo cierta tranquilidad por haber tenido la oportunidad de despedirme de mi mamá. Observo con detenimiento el océano, ese color azul turquesa que aparece entre las olas del mar, se mece de un lado a otro. Me trae gratos recuerdos de mi niñez, cuando solía jugar en aquel río cristalino del pueblito en el que me crie.

Repentinamente se escucha un tronido. Es el motor del bote que nos empieza a dar problemas. La embarcación da jalones sin cesar hasta que, envuelto en una estela de humo blanco, se detiene por completo.

Hemos perdido el motor, nos vemos obligados a continuar navegando con los remos. Las pláticas entre los muchachos mueren.

Son las doce del mediodía. El cielo se obscurece como si fuera el anochecer. El movimiento del mar comienza a cambiar, ahora se menea con más vigor y su color se torna gris. Se siente que el viento sopla con fuerza. Los relámpagos, que aparecen acompañados de fuertes estruendos, deslumbran el firmamento. La lluvia comienza a golpetear intensamente el interior del bote.

Repentinamente, aparece al costado de nuestra embarcación un guardacostas cubano.

Uno de ellos se dirige hacia nosotros gritando por un altavoz:

—¡Se avecina una tempestad, deben regresar! —Mis compañeros voltean a verme como queriendo preguntar qué es lo que deben hacer. Yo les hago una pequeña señal con la mano para pedirles que permanezcan callados en sus lugares—. ¡Les repito, deben regresar! ¡Segunda llamada!

—¡No, aquí nadie va a regresar! —Me pongo de pie y le respondo, colocando mis manos alrededor de la boca, simulando una especie de amplificador.

—¡Esta tempestad va a empeorar! —nos advierte.

Después de un pequeño silencio, comienzan a acercarse lentamente hacia nosotros e insisten:

—¡El tiempo se va a poner muy malo, esa embarcación no va a resistir! —Nos previenen.

Cuando veo que se aproximan cada vez más, exasperado alzo la voz:

—¡Si ustedes quieren matarnos o quizás hundirnos, háganlo! ¡Hagan lo que tengan que hacer! ¡Nosotros vamos en paz para adelante, pero ni se acerquen porque entonces sí va a haber enfrentamiento, estamos dispuestos a luchar! —grito con energía.

—Solo tratamos de salvarles la vida.

Entonces veo a ese bote alejarse. Ya puedo respirar un poco más tranquilo, pero no por mucho tiempo.

El clima empeora, los vientos soplan cada vez más fuerte, la lluvia cae con mayor intensidad y el cielo no deja de estremecerse —yo me crie en el mar, no tengo miedo— perfectamente sé que no hay nada que podamos hacer, solo sujetarnos con firmeza a los remos y rezar.

¡La embarcación parece ser como un insignificante papelillo! El mar ruge sin cesar, nuestro bote parece haberse convertido en una patética hojita chiquitica que se ondea en medio del océano. Las olas están verdaderamente bravas, hacen que el bote se zangolotee de un lado al otro, estrujando nuestros cuerpos constantemente y golpeando nuestros rostros. Es difícil respirar. La mitad de los hombres están espantados, temblando. Incluso algunos de ellos lloran aterrorizados.

El miedo en el bote escala a pasos agigantados.

Esos hombres fuertes y corpulentos han sido invadidos por el pavor. La mayoría de ellos, desgastados mental y físicamente, se han convertido en cosa de nada, como si fueran trapos usados que tienen pánico a morir. Yo trato de darles ánimo pero ellos ya no dan de sí. Están completamente rendidos, desesperanzados.

En ese instante aprendo a conocer al hombre. En tierra, pareciera que esos hombres de un metro ochenta de altura y con gran musculatura, fueran fuertes y valientes. Yo asumía que esos machos bien fornidos tendrían los mismos ímpetus de vivir y salir adelante que yo sentía. Pero no es así, muchos de ellos pierden los estribos, se dan por vencidos. Sin control alguno sobre su persona, de cierta forma es como si nos dieran la espalda.

Mi padre, siendo el mayor de los tripulantes, a Dios gracias no es uno de esos abatidos. A pesar del desgaste físico, él nunca deja de luchar, lo cual me permite a mí mantenerme firme para poder ayudar a los demás.

¡Dios mío, protégenos, estamos en tus manos!, me encomiendo una vez más a Dios.

Después de dos horas de terror, la tormenta cesa. Me siento muy cansado, como si el mar embravecido hubiera succionado gran parte de mi energía.

Seguimos rodeados de agua. Todo sigue azul, en cualquier dirección que miro todo es azul. El agua y el cielo, ambos de color azul, se fusionan en el horizonte.

El sol ahora es incandescente, no hay más nubes en el cielo. Ya no se escucha más el fragor de la tormenta, ahora son vómitos y quejidos de varios de mis compañeros los que se presentan.

Aun y cuando el cansancio es descomunal, continuamos cuatro personas remando. Cada vez que le doy vuelta a los remos, para mí representa un avance hacia la libertad. Pienso en los días de hambre y desesperación que pasé en mi país, en los largos caminos recorridos día con día para encontrar alimento y en las jornadas de trabajo sin justa remuneración. El coraje vuelve a mí, levanto la cabeza y trato de concentrarme en mi meta, en mi sueño.

Al rato son más los hombres tirados vomitando. Yo también traigo nauseas, empiezo a devolver el estómago. Apenas me enderezo cuando a uno de los muchachos se le ocurre hablar:

—Es mejor virar, nosotros no queremos continuar.

—¿Virar? —replico furioso. El hambre y la sed insoportable que sentía no me impidieron razonar.

—Sí, yo digo que es mejor devolvernos —insiste mi compañero.

—Escuchen bien. Algunos de ustedes pueden querer muchas cosas en este momento, pueden querer lo que se les dé la gana, pero una cosa sí les digo, esta embarcación no va a virar, va a seguir para adelante —exasperado contesto.

No tengo más paciencia. Es demasiado tarde para volver atrás. No me cabe en la cabeza cómo a este hombre se le ha ocurrido tal idea. *Después de todo lo que hemos avanzado, ¡este hombre ha de estar delirando!*

—Bueno, entonces nos llevamos las cámaras. En ellas nos podemos regresar —insiste el testarudo.

—¿Pero qué dices? ¡De ninguna manera! ¡Las cámaras se quedan en su lugar! —Con agallas me impongo—. Si llega a aparecer otro guardacostas, entonces se van; pero mientras tanto, de aquí no se va nadie.

***

Finalmente con esta idea logré calmarlo y sin más palabras continuamos nuestra travesía.

No podíamos desprendernos de las cámaras salvavidas así a la ligera. Eran nuestro plan "B" de supervivencia en caso extremo de naufragar, para eso servirían.

Yo con la idea bien metida en mi cabeza de que en Cuba ya no había nada más que hacer, me dije que tenía que permanecer firme, no había otra opción más que mantenerme en mi posición y ponerme fuerte con los que querían desertar de nuestra avanzada travesía.

***

Llevamos cerca de diez horas navegando y Alex, el más chico de mis compañeros, un amigo de la infancia al cual he apreciado siempre, se encuentra sentado bien tranquilito mirando fijamente hacia el horizonte. Lo observo por un buen rato, se encuentra agachado sin cambiar de posición.

—Hey, Alex —me dirijo a él. Alex me ignora por completo.

—¿Alex? —insisto mientras continúo remando, pero no hay respuesta. Un poco preocupado se me vienen a la mente cosas que escuchaba decir a la gente, como que daban alucinaciones, que la gente se enfermaba y que se quería volver loca.

—Alex, ¿te encuentras bien? —Sin voltear a verme extiende el brazo hacia atrás y me hace una señal con la mano, como haciéndome saber que no desea ser molestado.

¿Pero qué le pasara? Este muchacho me está preocupando, en verdad que me inquieta su comportamiento, este chico no es el Alex que yo conozco. A pesar de su corta edad, durante todo este tiempo, Alex

ha sido uno de los pocos hombres que conserva la calma.

¿En realidad se estará volviendo loco? ya ha permanecido mucho tiempo así, en la misma posición ¡quizás una hora! y él sigue perdido en sí mismo.

—Alex, ¿te sientes bien? ¿Qué pasa, chico? —insisto de nuevo.

—Ven ahora Ernestico —finalmente me contesta.

Le entrego el remo al hombre que se encuentra enseguida de mí y me acerco con curiosidad.

—¿Qué pasa? —intrigado le pregunto.

—Mira pa-lla, mira pa-lla bien, bien fijo, y dime si tú ve algo.

—Alex, yo no veo nada —contesto mientras trato de encontrar lo que él dice ver.

—¿No Ernesto, de verdad que no ves nada? —me responde un tanto sorprendido.

—No Alex, pero sigue tú tranquilo que yo voy a seguir remando.

¡Este se volvió loco ya! Ahora sí me siento preocupado por él.

Alex, un negrito escuálido, es el único enclenque de mis compañeros. Pero posee una mentalidad muy fuerte y positiva. Por ese motivo decidimos traerlo con nosotros.

—¡Ernestico, ven ahora, que mira pa-lla! —me llama emocionado.

Suelto el remo nuevamente y observo fijamente a lo lejos. Alcanzo a detectar un puntico blanco. Se ve bastante lejos, casi donde se pierde el mar con el cielo.

—Sí Alex, parece que hay algo allá.

Pasados unos minutos nos percatamos de que una embarcación se está aproximando poco a poco; entre más se acerca a nosotros, mejor empezamos a distinguir el barco.

¡Qué impresionante vista tiene Alex! ¡Cómo logró detectar a tan larga distancia ese barco!, pienso una y otra vez bastante sorprendido.

Entre más se acerca el barco, el ánimo de todos se restablece ¡al fin! Es una inyección de esperanza. Se respira un poco más de tranquilidad.

Ya son aproximadamente las cuatro de la tarde, seguimos remando con nuevo ímpetu y con la ayuda del viento avanzamos más rápido, quizás estamos a cien kilómetros al norte de Cuba.

Seguimos navegando a ese ritmo por más de una hora. Ahora vemos el barco bien cerca de nosotros, me imagino que puede estar a dos o tres kilómetros de distancia de nuestro bote. Estamos lo suficientemente cerca de esa embarcación que ya podemos apreciar todos los detalles. Es un barco blanco con una franja roja, se parece a los barcos de los guardacostas de nosotros, pero no son.

—¡Son guardacostas americanos! —afirmo.

—¡Estamos salvados, lo logramos! —llenos de júbilo no paran de gritar algunos de mis compañeros.

Y ya con la certeza de que seríamos rescatados nos bebemos desesperados el resto del agua que tenemos almacenada.

Al poco tiempo, en un abrir y cerrar de ojos, aparecen cientos de balseros, es increíble cuantas embarcaciones brotan repentinamente por doquier, ¡son cien o doscientas tal vez! Yo creo que todos tomaron como punto de referencia el barco de los guardacostas americanos.

Una balsa de salvamento americano ronda entre todos los balseros. Su prioridad es identificar a la gente que se encuentra en peores condiciones. A nosotros nos piden que tengamos paciencia, por lo que a pesar del desgaste que sentimos solo nos queda esperar y ser testigos de aquel cuadro de desconsuelo y desdicha. Cuerpos desvalidos son trasbordados por los guardacostas. Lo que se vive es una pesadilla. Se escuchan llantos y quejidos de aquellos que llegaron gravemente afectados, moribundos. El dolor de los familiares de otros tantos que perdieron la vida en busca de la libertad es más que evidente. Las lágrimas que corren de mis ojos tratan de enmascarar esta calamidad.

¡Qué crimen hemos cometido! ¡El soñar con la libertad! ¡Esta es tu gente, Fidel! ¡Aquellos a quienes defraudaste inmensamente! ¡Que Dios te perdone esta brutalidad!

Capítulo Catorce
Guantánamo

Cerca de las seis de la tarde pisamos el barco americano. Me siento hambriento, sediento y abatido. Caminamos por un corredor, escoltados por varios guardacostas o *marines* americanos, honestamente no sé qué posición, rango o cargo tengan. Sin ninguna explicación, nos piden que entremos a un cuartico. ¡Está repleto de gente! Apenas trato de asimilar la situación cuando escucho un grito seguido de un empujón:

—¡Un cubano más!

¿Qué es esto? ¿Un cubano más? Este espacio es muy reducido, ¡somos cerca de quinientas gentes! Volteo a mi alrededor y trato de asimilar la situación.

Estamos todos parados, pegados unos de los otros sin poder movernos.

Custodiados por los guardias americanos el tiempo transcurre: una, dos, tres, cuatro, cinco horas… y ahí seguimos parados, respirando nuestro propio aliento. Seis, siete, ocho horas… y continuamos en la misma posición. Las piernas me tiemblan, todo me empieza a doler: la espalda, la cabeza, el estómago. Me cuesta trabajo respirar. ¡Quince, dieciocho, veinte horas! La ansiedad escala, la desesperación se apodera de mí. ¡Ahora es terror!

¿Qué es esto Dios mío? ¡Esto es un infierno! Cuando creí que lo peor yo ya lo había vivido, me equivoqué. ¡Un cubano más! ¿Acaso eso es todo lo que soy para ellos? ¿Un cubano más? ¡Querrán decir: un animal más!, encerrado en mis pensamientos grito sin control. *¿A qué he sido reducido? A una bestia, ¡a una bazofia!*

Ahí, en el guardacostas americano, sobrevivo las veinticuatro horas más largas y negras de mi vida. No tengo palabras para describir lo que siento durante todo este tiempo; es una tortura mental y física. La compasión por el hombre, el respeto a la vida no existe, siento que vivo en un mundo de miseria y dolor.

¿Dónde quedó el principio de igualdad, estipulado en la Declaración Universal de Derechos Humanos? ¿Que acaso no dice: "Todos los seres humanos nacen libres e iguales en dignidad y derechos"? Es más que obvio, aquí no existe eso, no somos nada.

Al día siguiente, completamente extenuados, nos transportan a un buque de guerra de la Marina de los Estados Unidos. *¡Qué cosa tan inmensa! Es increíblemente grande este buque. Suben cerca de cinco mil personas.* Por primera vez en más de veinte y cuatro horas me permiten usar un baño. Me siento agradecido por tener el permiso de orinar, por increíble que parezca, así es, lo repito, me siento agradecido porque me han dado la autorización de hacer algo tan natural como es orinar. Agua y una barra de granola es el alimento que ingerimos durante el tiempo que permanecemos en esta nueva embarcación.

Seis días después, llegamos a la base naval de los americanos en Guantánamo. Siempre recordaré esa voz inconfundible de un puertorriqueño que nos dice por un altoparlante:

—¡Nunca viajarán a los Estados Unidos! ¡Tienen que estar convencidos que jamás van a viajar a los Estados Unidos! ¡Aquí van a estar refugiados temporalmente hasta que los podamos regresar al lugar de donde vinieron! —intenta desalentarnos.

Al bajar del barco, me hundo unas cinco pulgadas en la tierra. Volteo hacia abajo para ver que mis zapatos cubiertos en polvo pasan de ser color blanco a un color café obscuro.

Al subir la vista, puedo ver el nuevo panorama. El campo donde nos sitúan es un terreno grande, cercado, lleno de casas de campaña. En este lugar somos confinados cerca de veinticinco mil cubanos.

***

Me asignaron un catre, fue ahí donde pasé largas noches de tristeza. Nunca nadie nos ofreció ningún tipo de aliento.

De nuevo empecé a experimentar la falta de lo primordial que, en mi opinión, se necesita para vivir dignamente. Estaba mal vestido, desaseado y con un hambre incesante. En un principio la comida era muy poca en el refugio, incluso el agua era insuficiente, ya que esta la tenían que abastecer por medio de pipas, ducharse era prácticamente un lujo.

Después de varios meses viviendo en esas circunstancias, me surgió la duda: *¿En verdad valía la pena haber dejado Cuba?*, me empecé a preguntar, pero me consolaba a mí mismo diciéndome que al menos tenía algo que comer. Nos alimentaban con los mismos paquetes de comida que comen los militares americanos.

Los primeros meses fueron negros. Me sentía preso. Estuve tan triste que pensaba que ya no iba a resistir. Pero fue entonces cuando abrieron el correo. Ya podía escribir cartas a Cuba. Y a pesar de que nunca esperé respuesta de nadie, sí la recibí. Mi mamá, mi hermana, incluso mi madrastra me empezaron a escribir. Cada vez que recibía una carta, era un aliento.

De Yadira por un tiempo no tuve noticias, pero le seguí escribiendo regularmente hasta que por fin llegó el día en que recibí carta de ella. Su respuesta se convirtió en un motor de esperanza para continuar.

Unos meses después, la situación mejoró. Hicieron un comedor donde ya nos daban comida caliente. Ya que éramos aproximadamente treinta mil refugiados, aquello se convirtió en una especie de comunidad. Se implementaron varias actividades ocupacionales. Yo opté por tomar clases de inglés y de computación. Aún y cuando no aprendía mucho, trataba de mantenerme ocupado.

El futuro era incierto. En ese lugar nunca nos dieron esperanzas de ningún tipo. Muchos de mis compatriotas empezaron a desertar. En ese tiempo era cuestión de ir a la frontera, comunicarles que querías regresar y ahí mismo te abrían las puertas. Pero yo no perdí la fe, decidí aguantar todo el tiempo que fuera necesario. Volver a Cuba no era una opción para mí, por supuesto que no era una alternativa después de todo lo que ya había soportado.

A los ocho meses me acostumbré a ese lugar. Los militares me ofrecieron un trabajo de carpintero para ayudar con la construcción de casas cercanas al refugio. No me pagaban, pero además de que tenía el privilegio de poder salir y entrar del campo ahí podía conseguir desperdicios de madera y otros materiales para hacer trabajos artesanales. Buscaba botellas de cristal, las limpiaba bien y con lo de la carpintería conseguía maderitas, papel y cualquier cosa que me sirviera para hacer unos barquitos de velero. Los ponía adentro de una botella y se veían de lo más bonitos. Con la venta de esas manualidades me empecé a buscar la subsistencia.

El hecho de que yo podía entrar y salir del refugio me daba un sentido de libertad, eso me ayudaba emocionalmente a sentir que no había perdido la dignidad de hombre. Parece increíble pero muchos cubanos trataban de entrar a Guantánamo ilegalmente, se lanzaban al mar infestado de tiburones para poder ingresar al campo a través del mar. En esos intentos muchos de ellos quedaron mutilados o perdieron la vida.

En esa etapa de mi vida aprendí que el ser humano se adapta a todo medio y condiciones. Yo traté de inventar cómo hacer la vida un poco más satisfactoria: agarré el ejercicio, corría mucho, levantaba pesas, ideamos cómo hacerlas con concreto y palos, en las noches jugábamos cartas, dominó, hacíamos vino con la fruta que nos daban.

Después de un año en Guantánamo pensé que ahí nos dejarían para siempre, pero empezaron a llegar noticias. La comunidad cubana de La Florida, quienes tenían a muchos familiares en Guantánamo, al ver que no se resolvía nada con nosotros empezaron a exigirle al Gobierno de Clinton que hiciera algo al respecto. La presión política era cada vez mayor, el costo monetario que representaba nuestro mantenimiento era muy alto para el Gobierno estadounidense, la imagen internacional de los Estados Unidos parecía verse afectada.

A raíz de todo lo sucedido, el éxodo masivo de miles de cubanos en mil novecientos noventa y cuatro, conocido como la "Crisis de los Balseros" y la presión política, ambos países suscribieron acuerdos migratorios en los que el Gobierno de Clinton se comprometió a entregar veinte mil visas anuales a ciudadanos cubanos y repatriar a los ilegales interceptados en el mar. Cuba, por su parte, asumió la responsabilidad de reinsertar socialmente a los repatriados y evitar, por medios persuasivos, las salidas ilegales.

Derivado de la combinación de dichos acuerdos nació en los Estados Unidos la política denominada "pies secos, pies mojados", mediante la cual las autoridades estadounidenses aceptan a los que tocan tierra y devuelven a los interceptados en el mar.

***

Finalmente aprueban la ley que nos permitirá viajar a los Estados Unidos.

Después de catorce meses con quince días de vida miserable en Guantánamo salgo para los Estados Unidos.

Nos transportan en un avión militar. *Nunca en mi vida me imaginé montarme en un avión. ¡Qué grande es!* Ya sentado, trato de no pensar demasiado. Me concentro en el ruido que sale de las turbinas del avión y siento cómo empieza a moverse con rapidez hasta que despegamos.

El diecisiete de octubre de 1995 aterrizamos en la Base Militar de Homestead, en La Florida. Al bajar por la cola del avión, lo primero que hago es ponerme de rodillas, besar la tierra y dar gracias a Dios.

Migración me procesa. Al no tener familia en Florida, me trasladan a Memphis, Tennessee. La mayoría de los refugiados se establecen en Miami, donde tienen parentela; de hecho, hoy en día en ese lugar existe en una gran comunidad cubana y las calles de la ciudad se inundan con el sabor de la isla. Entonces en el aeropuerto me recoge una persona, se presenta como miembro de una iglesia.

—Buenas tardes, bienvenido a Memphis. Mi nombre es Martín —me saluda el hombre.

—Gracias, buenas tardes —le digo.

—Sígueme, vamos a buscar mi auto. —Haciendo una seña con amabilidad me muestra el camino.

Subimos al auto. Me parece bastante moderno, una vez más, nunca pensé montarme en un automóvil tan bonito. Es de color blanco, con vidrios eléctricos ¡y tiene hasta clima controlado en el interior!

—Nuestra iglesia, "Charity Church", te va a dar alojamiento en lo que puedes establecerte —me explica en el trayecto.

—Gracias —le contesto al mismo tiempo que me quedo admirado con todo lo que veo a mi alrededor. Todo se aprecia diferente: los automóviles, los caminos, las construcciones, la vegetación.

—Te van a permitir vivir en un departamento por un tiempo, en lo que te estableces. Pero antes vamos a parar a comprar algo de comida —me explica. Yo atentamente lo escucho sintiéndome muy agradecido.

Paramos en un supermercado. Al bajar del auto siento mucho frío, empiezo a temblar, me encojo de hombros y me cruzo de brazos tratando de calentarme en lo que llegamos al lugar. Los *shorts* que visto no son adecuados para el clima del lugar.

Al aproximarnos a la puerta, me sorprende ver que se abre sola, ¡como por arte de magia! Entro al lugar y no puedo creer lo que mis ojos ven. Me siento maravillado. Volteo a mi alrededor, me digo: *Qué cosa tan extraña, hay comida por todos lados, nunca he visto algo similar. Definitivamente en Cuba los almacenes son muy diferentes. ¡Esto es un mundo de comida!* Continúo observando y por todos lados que camino o en todas direcciones que volteo existen diferentes tipos de artículos, algunos en cajas, otros en latas, fruta y verdura, ¡toda clase de carne y pescado! *¡Esto debe ser un sueño! ¡Es mi sueño hecho realidad!*

Salimos del lugar y es entonces que puedo ver con claridad todo lo que me rodea. El impacto de lo sucedido por fin se presenta. *¿Cuántos de esos balseros que se lanzaron al mar en busca de la libertad, dejaron sus vidas en esa difícil travesía?* Se vienen a mi mente imágenes de los momentos más obscuros de mi vida. Entonces agradecido caigo de rodillas, volteo al cielo con lágrimas en los ojos y sin temor grito:

—¡Por fin tengo mi bendita libertad! ¡Voy a trabajar muy duro, me voy a esforzar más que nunca y voy a salir adelante! Gracias por esta nueva oportunidad.

Silvia C. Rodríguez

Índice

www.ingramcontent.com/pod-product-compliance
Lightning Source LLC
Chambersburg PA
CBHW060230180626
46813CB00007B/3026

* 9 7 8 1 6 3 0 6 5 0 3 3 9 *